唯有大海不悲伤

邱华栋 著

北京出版集团公司
北京十月文艺出版社

目录

唯有大海不悲伤

就是那一阵突如其来的水流把孩子带走的。就是那一股你在海水里根本看不见的水，突然就出现了。那是透明的水中之水，狂暴而蛮横，居心叵测，仿佛有着预谋，带着强大的力量，这水流来了，一下子就把儿子往深海里带去了。

是的，就是那么一个瞬间，人就不见了。就是那样的。

后来，有懂得海水脾性的人告诉他，那种水流叫作直流。是近岸非常凶猛的漩流，往往会对在海边浅水区里游泳的人发动突袭。这直流隐蔽、迅捷、粗犷，从深海里像是一条水蟒一样游过来，把近岸游泳的人捕获，然后猛地一下卷走，又像一条水里的鞭子一样，裹着猎物，就直接回到深海里去了。

那一刻，胡石磊也感觉到那股直流冲击到了他的身上。是一股水的蛮力，他看不见它，因为那是水中透明的野兽，把他狠狠地打了一下，他猛地呛了一口水。感觉到不妙了。

是的，就在那一刻，强力的回流水流，将人带向海水的深深处。他听见儿子叫了他一声，也许这是他的幻觉，事后他是这么回忆的。但没有人注意到这一点。巴厘岛的这片海域表面看着很平静，可暗流汹涌，暗礁密布，海况很复杂。当时海边有很多人，就只有他带着儿子往海里游了五十米。就五十米远，当一些人察觉不对劲儿，开始往岸上快速游动的时候，直流已经来了，接着，又走了。

就是这样的。等到他发现孩子不见了，已经是几分钟之后的事情了。“冬冬，冬冬！”他大叫着，在水里寻找。

巴厘岛海滨度假区的救生员赶紧唤来了快艇，艇上还有潜水员和救生设备，立即前去寻找孩子的踪迹。找了好几个小时，也没有发现什么。

到了第二天，他们继续寻找，还是没有结果。当地的一个华裔搜救员告诉他："去年，也是在这里，一个穿婚纱拍照的中国女人，她的婚纱被水打湿了，很重，跑不动，结果就被大浪给卷走了。好在后来在几海里外的珊瑚礁那里找到了她，找到的时候，人已经死了。真可惜，她是来这里举行婚礼的啊。"

胡石磊一听他这么说，更着急了。儿子，你在哪里？我活要见人，死要见尸！可是，一连找了七天，孩子还是无影无踪，在大海里失踪了。那片海域后来大浪滔滔，他每天面对着大海，欲哭无泪。他十岁的儿子冬冬就这么被大海带走了。

不用再描述这悲伤的时刻了。本来，他们一家三口是高高兴兴到巴厘岛游玩的，一家人都很开心，可忽然之间，胡石磊和汪雁就坠入了深渊。

作为父亲，胡石磊非常内疚、悔恨和悲伤。孩子的死和他有没有关系？当然有，因为就在他的身边，孩子不见了，被死亡直流带走了。而他的水性还那么好。

"你为什么不看好孩子，为什么不看他？为什么，你不抓住他，为什么你——"几天下来，妻子汪雁的眼神已经痴呆呆了，她迷离而愤怒地看着丈夫，她声音嘶哑了。孩子无影无踪，让她崩溃，让她也一同坠入到了黑暗里。

“为什么？为什么——你——”汪雁嘶哑了，她哭了，她无法再说话了。

他看着她的眼神，忽然读到了一种令他不寒而栗的东西。那就是，她的眼神到后来似乎在说：为什么海水带走的，不是你，而是儿子？为什么不是你——

胡石磊这一刻对妻子有了一种恐惧感。女人的那种歇斯底里，最终将导致所有牢固的东西都崩溃。尤其是，汪雁现在还怀着他们的二胎——已经三个多月了。她正准备再生一个孩子，他们的宝宝正在她的肚子里孕育着，可是现在，失去了大儿子，胡石磊有一种不祥的感觉——蛋打了，鸡也会飞了。不过，天无绝人之路，我不会这么悲剧吧？不会吧？他欲哭无泪。

会的，命运在戏弄一个人的时候，往往是下狠手，不是一招置敌于死地，就是接连打击到让你毫无还手之力。这就是命运的真相。好的时候一切都是风平浪静的，坏的时候，就是那一股海洋直流——一下子就把你带到海水的深深处，让你在暗黑的地方窒息。

痛啊！痛，痛，痛！那种失去骨肉的痛感，在他和她的心里弥漫。失去了长子，二孩政策才出来就抓紧怀孕的汪雁精神恍惚，深度抑郁袭来，情绪波动大，不久，肚子里的胎儿就流产了。

这样的变化会导致更多的连锁变化。胎儿流产之后，她要求分居。又过了一段时间，她提出来和他离婚。一股生活中的直流就这样也出现了，一下带走了所有的风平浪静，让胡石磊陷入到绝境里。然后，汪雁离开了他，胡石磊变成了一个人。

他成了孤家寡人，孤苦伶仃地在大地上行走，在海边安静地站着。凝视着大海，他在想，那股直流，到底是怎么回事？怎么一下就把我的生活彻底摧毁了呢？站在大海边上，看着波涛一道道地涌过来，带着喧响和白色的浪花，碎裂在他的脚下，他想，自己的水性这么好，又从小生长在海边，儿子冬冬却被海水带走了。

大海啊，你让万物充满了生机，让世界不断生长，可你又以暗黑的力量造就了死亡。你让我的儿子还没怎么展开他的生命旅程，就死在了你的怀抱里，你让我掉进了悲伤的深海！他泪流满面，悲愤满怀。

谁说的唯有大海不悲伤？大海最会制造悲伤了，对不对？

到了第二年的春天，那件事情虽然已经过去大半年了，可胡石磊的状态始终是消沉的。屋子里到处都是酒瓶子、烟蒂，以及混乱不堪的衣服和随意堆放的杂物。公司的事让别人在打理，他不知道自己是怎么过来的。

汪雁离开他以后，辞职去了别的城市，换了电话号码，换了工作，远远地离开了他。她的性格本来就是柔弱的，很容易悲戚，她没有办法再接受他了。他理解她——远离他，就是远离他们无法摆脱的痛苦记忆，那是一块压着他们的沉重的巨石。两个人相爱相处了十多年，现在，则天各一方了。

他宽慰地想，她离开他是对的，要不然两个人怎么互相面对？接连失去了两个孩子——儿子和腹中胎儿，他和她的纽带就彻底断了。

胡石磊瘦了十几斤。痛啊！痛啊！胸口的巨石无法搬走，内心的抑郁像毒药一样熏染着他的思维。他常常呆坐着，看着电视。所有频道的节目都无法触动他。他觉得那些古装、情感、悬疑、枪战、科幻、恐怖片，都很傻很可笑。电视上，所有的娱乐节目、相亲节目、益智节目、竞赛节目、体育节目、相声小品节目，都不能让他笑出来了。

然后，他看到了一部纪录片。这是一部关于大海的纪录片，大海是这部片子的主角。是的，是大海，那让胡石磊又恨又爱、想拥抱又拒斥的大海。大海！你还我的儿子，你击碎了我的生活，我拿什么来面对你？

但这部纪录片渐渐吸引了他。他追着这个系列片看，一集又一集。某个片段，讲的是在一片海底的珊瑚礁边是大洋洋流的汇聚之处，有一群革鳞鲐要产卵。革鳞鲐这种海鱼，从美国南部的佛罗里达外海一直到加勒比海的群岛，比如古巴和海地岛，再往南，一直到巴西东面的西太平洋地区，都有着广泛的分布。它体长可以达到一米，长得有点呆萌，胸鳍、背鳍和尾鳍就像是刺猬的刺那样支棱着，黑白相间，地包天的嘴巴显得笨拙憨厚，褐色的身体上都是白色的斑点。大批革鳞鲐聚集在海底一片珊瑚礁边，雄性的、雌性的都有，在默默等待一个仪式。而在这片海水的中上方，浮动着一些黑色的阴影——来了很多鲨鱼。它们似乎在等待着什么。

胡石磊睁大了眼睛，观察着接下来的情节。海底世界被水下摄影师拍得那么清晰：美丽的珊瑚礁，飘摇的水草，发亮的水流，还有革鳞鲌的尾鳍、胸鳍摆动的漂亮姿势。是的，革鳞鲌是在等待着一个机会。它们耐心地等着，来回慢吞吞地游弋着，一点都不着急。雄性革鳞鲌靠近一条条雌性革鳞鲌，互相盘旋，微微摆动，在跳着求爱的舞蹈。雌性革鳞鲌比较娇小，它们在雄性革鳞鲌的追求下游动，纷纷做着某种呼应。忽然，一条雌性革鳞鲌猛地上浮，就像一支箭一样蹿了上去，排出了一股白色的鱼卵。接着，雄性革鳞鲌也猛地上浮，排出了一股精子，给那些卵子授精。繁殖仪式开始了，刹那之间，海水里安静的画面立即变得鲜活了，一条条雌性的革鳞鲌射箭般上浮排卵，一条条雄性的革鳞鲌追随着上浮去授精。伴随着它们的上浮，那些早就埋伏在一边的黑鲨，斜刺里冲过来袭击排卵授精的革鳞鲌，一嘴一条，迅疾地撕碎了这群刚刚还在产卵授精的革鳞鲌。

胡石磊的眼睛睁得更大了。大战开始了！为了下一代，排卵啊！授精啊！革鳞鮨，加油啊！为了生存下去，黑鲨们，袭击啊！拦截啊！厮杀啊！这一场生死较量和繁衍下一代的战斗，在电视画面上持续了很久。雌性革鳞鮨的卵子和雄性革鳞鮨的精子很快让海水变得黏稠了，白花花一片，而黑鲨的袭击和捕猎又让革鳞鮨的血液染黑了这一片半透明的海水。从海底往上看，到处都是一片混沌，就犹如最初的天地开创，而此时此刻，诞生和繁衍，生存和死亡，在大海里显得那么真实、残酷，而又天然地具有合理性和一种生命逻辑。

胡石磊站了起来。他觉得自己其实不懂得大海，也不了解大海里的那些动物，那些陌生的鱼。可能冬冬已经变成了这样的一条鱼，正在深海里游走着。他必须要去会会那些深海里的鱼。他和儿子的灵魂，也要在大海重新相遇。

胡石磊后来通过网络，认识了一批喜欢潜水的朋友，他们都参加了一个由世界各地的潜水爱好者组成的自由潜水组织。其中，有个叫大卫·霍克尼的美国南加州人，成为了他接下来几年里的潜水好友。大卫·霍克尼在世界各地潜水已经有十多年了。在网上胡石磊发现，原来喜欢潜水的有这么多很专业的人。

胡石磊让朋友帮忙，购置了所有的潜水装备。这些装备并不复杂，有长短脚蹼、潜水衣、面镜和呼吸管，能让他潜入到几十米深的海水里，去和那里的动物互动。在几十米深的海水里，能够看到海里的那么多动物，这是多么美好的一件事！多么令人愉快和兴奋！他阴沉的内心里渐渐燃烧起了一簇火星，这是一点点的希望。在大海的深处，去和儿子的面影相遇，一点点地将内心的悲伤祛除。你只有先医治你自己，才可能去面对整个世界的明丽。

在朋友们的帮助下，胡石磊很快学会了自由潜水。他水性本来就好，这对他一点都不难。自由潜水，指的是不靠氧气瓶和水肺一类的辅助潜水设施，而是靠一口气——是的，就靠人的一口气，把肺里的氧气充满，然后一猛子扎下去，直接向大海的内部潜泳，一直扎下去，在瞬间变化的水压的影响之下，调整耳朵受压的感受，平衡生理反应和内心的波动，在一吸一呼之间，去靠近那些自由摇曳的海生物。一般能在水下待三五分钟，然后，再上浮。

自由潜水分为绳潜、无脚蹼潜水和戴脚蹼潜水三种。绳潜，顾名思义就是顺着绳子往下潜，不戴脚蹼潜水和戴脚蹼潜水的感觉也不一样。而戴着氧气瓶或者水肺潜水，固然能让人在水中多待一会儿，但会冒出很多气泡，这些泡泡在上升的过程中明明灭灭，会发出爆响，就像爆米花在毕剥炸响。海鱼听着声音很大，它们会非常惊恐，就会远离你，你就无法接触到它们。

到了夏天，胡石磊已经做了很多的练习，也做了充分的准备。他飞到了美国加州的海滨，和大卫·霍克尼会面。

大卫·霍克尼是一个高个子的小伙子，三十岁出头，在网上他们已经交流了几个月了。大卫·霍克尼知道他的故事：儿子被淹死、胎儿流产、妻子离开，他的公司交给了助手打理……一切糟糕透顶，然后，开始了学习潜水。每个伤心的人，都有自己的伤心故事。这没有什么，他告诉胡石磊，在一次争吵中，他父亲开枪打死母亲，然后自杀。父母双亡那一年，他才七岁。

“我是我姑姑带大的。我是个孤儿，从小就觉得我应该到大海里，变成一条鱼。这陆地上人的生活不适合我。我很理解你现在的心情——喜欢大海里的那些鱼，可能你儿子藏身其间，你想接触到它们，对不对？”

“是的，大卫。我就想去了解大海里的那些鱼。”

“那么，你来吧！我们一起去太平洋的几个潜水点，好好地和大海约会。”

环绕着整个太平洋潜水？这太吸引人了。胡石磊兴奋了。他展开地图，看到了在中国和美国，还有澳大利亚和南太平洋的小岛国之间，有那么大的一片海域，这就是整个太平洋。在这个广袤的大洋上，从中国、日本到菲律宾、印尼，再到澳大利亚、斐济、汤加、库克群岛，还有南极的北面，一大片的海域里，有着星星点点的、被自由潜水组织标明的最佳潜水点。这些地方，他都想去探寻。

胡石磊的眼眶有些湿润，他知道，自己寻找的一种新生活，就要开始了。

儿子，我来了。他想着，然后深深地吸一口气，憋住，往海水下面扎，摆动着脚蹼，就像一条漂亮的大鱼摆动尾鳍。大海是透明的，海水的蓝色是假象，那是对天空的映射。浅海里什么都很清晰，阳光照射着多彩斑斓的珊瑚礁，黄海葵那么鲜艳，隐藏在珊瑚礁洞穴里的海鳗像一条阴险的蛇那样伸出了脑袋，龇着牙，一伸一缩地看着他。

他继续下潜，沿着这片海域的浅坡下潜，进入到更深的海域。他见到了鲸鱼。是的，大海里最大的动物，鲸鱼，就在眼前。那是好几头抹香鲸，不知道从哪里来的，缓慢地在水中浮动。他惊呆了，这是他第一次这么近看见鲸鱼。是的，抹香鲸就像潜水艇一样游过来，还有一头小抹香鲸，紧紧地依靠在妈妈的白色肚皮下面，在母亲身体一侧安全地游动。

抹香鲸出现在这片海域，是因为这里有它喜欢的食物。每年，从阿拉斯加过来的洋流沿着西海岸流动，会带来大量的浮游生物和小鱼小虾，比如磷虾，闪光的、非常密集的磷虾，是抹香鲸的最爱。这个时候，抹香鲸只需张开大嘴，把有着各类浮游生物、小鱼小虾的海水全部吞进去，然后从鲸须的位置将海水过滤出来，这一吞一吐之间，浮游生物和小鱼小虾就都在它的肚子里了。

眼下，这么大的鲸鱼，在胡石磊的眼前游过。“不要怕，看到抹香鲸，你慢慢地游过去，保留和它一个节奏，让它感觉不到你有威胁，让它觉得你就是一条鱼而已。它是很温和的动物，对你这样一条人鱼没有兴趣。你既构不成威胁，也没有什么吃的价值，这样你就能靠近它。所以，你的动作一定要慢，要温柔。对待鲸鱼，你的缓慢是最好的态度，让它感受到友善。你就这么靠近鲸鱼，瞅准机会，用手去摸摸它，试着和它交流。它一定会很喜欢你的触摸。它的皮肤和人类孩童一样，都喜欢被触摸。”下水之前，大卫·霍克尼曾经叮嘱他。

他受到了鼓励。这一次，他的内心燃烧起了火焰，这是从灰暗到鲜红的火焰的过程，他产生了和鲸鱼交流的愿望。和一条大鲸鱼交流，是的，就是这样的。他缓慢地，和大鲸鱼一个节奏在游动，他看到抹香鲸的身体就像一座小山，把附近海域的光线都挡住了。

抹香鲸很奇特，它有一颗大脑袋，几乎占了它身体的一半，这个大脑袋不知在想啥？那条小鲸鱼羞涩而紧张地游到了鲸鱼妈妈的另一侧，也许是为了躲开胡石磊的观察和贴近。看到了那条小鲸，胡石磊的内心一紧，他从它的身上看到了儿子冬冬的影子，心里难过了。

这一刻是那么奇妙，他和抹香鲸伴游，和它越靠越近，然后，他伸出了手，摸到了它的腹部。大鲸腹部的皮肤很粗糙，疙里疙瘩的，寄生了一些藤壶。鲸鱼的皮肤是凉的，似乎比人的体温低。这头抹香鲸的侧鳍和尾鳍都很巨大，尤其是身体一侧的鱼鳍。胡石磊跟在抹香鲸的右后侧缓慢地游着，一口气用完了，他就上浮到水面，再吸一口气，继续下潜。

他太喜欢这对鲸鱼母子了。靠近了才发现，抹香鲸是人类非常喜欢的温顺的海洋动物。鲸鱼是哺乳类动物，海洋里最大的鱼是鲸鲨，鲸鲨是用鳃来呼吸的。

忽然，那头小鲸似乎对胡石磊产生了兴趣，从母亲的身上游过来，要和他打个招呼。它好奇地在他的身边转了一个圈，用它那清澈的眼睛看他，发出了清脆而好听的声音。然后，它仿佛是引路一般，在他的前面缓慢地游着。

看到此情此景，胡石磊又想起了他的儿子，冬冬在海里游泳的时候也是这样的，也喜欢游在他的前面，我的儿子！冬冬！他的眼前出现了幻影，他似乎又看到了冬冬。他的喉头哽咽了一下，面镜模糊了，这在水里是十分危险的，必须控制住情绪。

他看到，抹香鲸母亲在不远处安静地看着他和小鲸鱼玩耍，很安详宁静，也很警惕。它要是想攻击他，那是不费吹灰之力的。就是这头小鲸也比他大很多。它的年龄不到一岁，但已经有三四米长了。它肯定每天都要吃母鲸的奶。他又伸出手，摸到了小鲸身体一侧的皮肤。啊，那种感觉怪怪的。是的，它的体温不高，凉凉的，坑坑洼洼的，但有一种油脂般的光滑感，像是滑石粉或者泥子以及胶水混合在一起，涂抹在它身上一样。他的手摸在它身上，它一定也很舒服，它翻了一个身儿，似乎是想和他继续亲近。他发现有一小群丑鱼，在它腹部帮助清理寄生的微生物。

它能感觉到胡石磊在摸它。它不能确定这有没有威胁。等到小鲸鱼不想和他玩儿了，就奔向了母鲸。大鲸鱼挥动了一下鱼鳍，一下子把水流搅动开了，看不见的水流裹过来，让他感受到一股巨大的冲击力，他被水流推开了。

大鲸向旁边优雅从容地漂移过去，用它巨大的鳍和尾巴扇动水流，带着小鲸鱼，渐渐消失在海水里，看不见了。

他的心里有点空落，就像看到了冬冬，可冬冬又再度远离了他。

完成了这次美妙的自由潜水，胡石磊感到自己就像一条海鱼了。他想，假如人是从海水中来的，那么，自由潜水就是人复归大海。大海也将重新接纳我，大海是人类的母亲，这个母亲不会讨厌人的返回的。尤其是，胡石磊想，我的儿子也在大海母亲的怀抱里了。

“我的纪录是自由潜水一百一十米。”大卫·霍克尼告诉他，“在这个潜水深度，能够看到掠食类的大白鲨。不过，我们去的加州海域里，鲨鱼个头都比较小，一般不袭击人类。”

“真厉害，你的肺活量可够大。那自由潜水的世界纪录是多少？”胡石磊问他。在加州海滨的一家海鲜餐厅里，他们一边吃着龙虾和红鲍，一边聊着天。

“绳潜的纪录是一百二十四米，而戴脚蹼潜水的纪录，是一百二十八米。不过，像你潜到三十到四十米深的时候，看到的海生物最多，这个深度，珊瑚礁可以广泛地吸取阳光的能量，而珊瑚礁边有各种鱼，都很漂亮。你会发现绝大多数鱼类都喜欢群居在一起。就像革鳞鮨一样，为了繁殖，不断喷射精液和卵子，它们的繁殖过程给别的海生物也提供了食物，虽然会遭到袭击，但是最终有一部分鱼卵能够繁殖成功。你还能看到海豚和海獭，它们在浅海里追逐鱼类。海狗潜水会更深一些。如果潜水深度超过了六十米，运气好的话，你还能看见鲸鲨。”

胡石磊见过鲸鲨，它的身形非常美丽，黑色的身体上有很多白色圆点，沿着身体的流线分布。那些圆点从大到小，很有规律，这使鲸鲨看上去不那么吓人，毕竟，它那庞大的身体在水里看上去是个巨兽。

“在水深一百米的地方，人的肺部会难受，在那一刻，有经验的潜水员一定要把自己的肺部调整好。因为海水的压力很大，人的耳膜会受到鼓动，这一刻假如调整不好的话，肺部会非常憋闷，容易有意外。有的自由潜水者就这么呛水而死了，在水里昏迷，永远变成了一条鱼。”大卫·霍克尼说。他的嘴里咬着金枪鱼的肉，看着胡石磊，“有机会我带你去抓金枪鱼，我带你进行海底狩猎。”

胡石磊摇了摇头，幽然地说：“我不想杀害任何一条海鱼。在海水里，我会产生幻觉，看到那些大鱼，我会看到我的儿子的身影。”他告诉大卫·霍克尼，看到那头小抹香鲸之后想起儿子的情景。

大卫·霍克尼拍了拍他的肩膀：“我懂了，胡。明天，我们启程去墨西哥湾那边的科塔博尼亚群岛，跟着这股洋流走，你就会看到最好的海底风景。”

他们来到了墨西哥巴亚尔塔港，从那里前往玛丽埃塔群岛。大卫·霍克尼查看了天气和地形，决定选择玛丽埃塔群岛中的一个小岛下潜，那里会有很好的海底风景。

胡石磊潜入到珊瑚礁附近时，看到有很多黑斑石斑鱼在礁石边互相追逐，似乎在做着求偶的游戏。而一些大大小小的隆头鹦哥鱼，则在快速地上下浮动，这种鱼长得很有喜感，后脑勺是隆起的，长相又很像鹦鹉，最大的能到一米多长。他还看到了鳕鱼正在一对对地谈着恋爱，而它们的繁殖活动也像革鳞鲐那样，排卵、射精、受孕，动作迅捷，上下翻飞，就像是快闪族一样。

第二次下潜，海水里波光闪动。在礁石中，胡石磊看到了白斑乌贼在产卵，附近的海底沙地上，一群小灰三齿鲨在白天里睡觉，身子一晃一晃，十分惬意。

胡石磊朝附近一片暗影游过去，看到了大量的水藻和海带构成了海底森林。靠近这样的海底森林，他有点紧张。这时，水下的光线暗淡了，他游进海带森林，仿佛进入了一个暗黑的世界。他看到那些漂动的巨型海带，就像是一棵棵树那样枝繁叶茂。他没有想到，海带能有这么大。而海藻就像是海底的灌木丛林，也像是云杉和松树林，把一整片海域都占据了。

这片海藻和海带森林，是很多担惊受怕、外形非常漂亮的海鱼的避难所、隐身地和觅食场。几乎每一片海底森林里，都有不同的鱼群在轻快地游动，互相追逐着。

他看见一条花斑海鳗像蛇一样，摆动着身体游走了。一些小丑鱼很难看，但却很机警。一只大海龟匍匐在一片沙地上一动不动。也许，它是想去抓捕在海沙里隐藏的海肠子。鳐鱼则像是海底的巫师一样，呼扇着身体两侧的斗篷，拖带着长长的尾巴，俯冲下去，在海底的沙地上捕捉食物。

如果运气好，还能碰上儒艮这种海生物，能听到它们在一片海底的水草和沙地上掠食而过的声响。它们是属于扫荡类型的。儒艮是很温和的动物，它们不是猛兽，就像是憨厚的猪和熊猫的结合体。没错，从性情上来说像熊猫，从进食的状态上来说，简直就是猪。

胡石磊碰见的是一家三口，两大一小，三只儒艮在咣叽咣叽地用它们的大嘴扫荡，瞬间就把很多贝壳、鱼、虾都吞到肚子里，吐出来泥沙和海水。儒艮在海底掠食而过，连海草都吃光了。儒艮让胡石磊看到了海生物可爱的一面，这让胡石磊瞬间想到了汪雁，不知道她现在怎么样了?

他的心口一疼，赶紧上浮。

自从开始了自由潜水，又有了几个同伴之后，胡石磊感觉到自己的生命力在逐渐恢复。丧子和离婚之后，有好长时间他都没有办法说话，也不想说话。他会流泪，但他没有任何和人交流的愿望。他把自己完全封闭起来了。那件事情发生一年了，现在，只要是潜入大海，在海水中，他的心境就会好起来。他常常能在那些大鱼身上看到儿子的身影。冬冬，你在大海里，是的你就在大海里。我来了我也在大海里，但我找不到你。你不在，你似乎又无处不在。他阴暗的心情被海水之蓝逐渐地浸染着。

这个夏天的潜水经历，最让胡石磊感到震撼的，是他亲眼目睹了抹香鲸和大王乌贼的一场恶斗。

那是在太平洋中部的汤加王国的一座海岛边。夏天时节，这片大大小小的海域里分布了很多小岛，和相距不远的岛国斐济一样，都是自由潜水者的天堂。

胡石磊和大卫·霍克尼分手一个多月之后，他回国办理了签证手续，又在斐济和大卫·霍克尼碰面了。这次还有几个自由潜水组织的朋友都来了，像俄罗斯姑娘雅辛娜、日本人西村京太郎，都是网络上认识的朋友。他们见面之后显得很热络。大家来来去去，每年都有自己的计划，就像候鸟一样，在这里那里的潜水点相遇和分手。雅辛娜是个漂亮的姑娘，二十多岁，是一家俄罗斯媒体的记者，酷爱潜水。但她的左腿受伤了，走路有点小瘸。这让胡石磊有点诧异。

大卫·霍克尼告诉胡石磊：“她的父亲是俄罗斯的一个著名记者，早些年报道过寡头的丑闻，被枪手袭击导致下肢残疾。她在爸爸身边，同时被子弹打伤了一条腿。现在，她长大了，也当了一名记者，继续在和俄罗斯权贵缠斗。她爸爸说，他行动不便，就让女儿去帮他看最奇特的大海风景吧。”

日本人西村京太郎五十多岁，脸部就像被刀削斧砍过一样沟壑纵横。“至于西村这家伙的经历，也很复杂。最起码，他和你一样没有老婆。”大卫告诉胡石磊。

胡石磊默然了，看来，人人都有自己的隐秘的生活痛点。

从汤加王国首都努库阿洛法出发，向东几十公里的外海下面，就是著名的汤加海沟。海沟最深的地方超过了一万米，深度仅次于太平洋最深的马里亚纳海沟。有了这条海沟的存在，附近的洋流流速很快。伴随着洋流而来的鱼虾、微生物很丰富，也引来了很多鲸鱼。汤加海沟的深不可测，对于潜水员来说，即是地狱般的存在，想想都会感到不寒而栗，那里也是探险的乐园。

他们在汤加外海的小海岛上安营扎寨。在整个夏天里，这里都能看到鲸鱼。每年的夏天，抹香鲸都要经过那里，然后在这片海域做短暂的休整和停留。这片海域的鱼类很多，是抹香鲸、鲨鱼捕猎进食的最好水域之一。

头天晚上，胡石磊告诉大卫·霍克尼，抹香鲸在中国古代就很有名，抹香鲸的鲸脑油和胃里积累下来的龙涎香，是名贵的中药，只有中国古代皇帝才能得到。

说到抹香鲸，大卫·霍克尼就活跃起来了，他说：

“我有一次在海边，看到过一具抹香鲸的尸体，巨大的尸体被海水冲到了岸边，已经开始腐烂了。抹香鲸的肚子膨胀起来，需要人给尸体放气，要不然会发生抹香鲸爆炸。砰的一下炸了，就像大炸弹一样，能炸死很多人的。所以，那具尸体是我去放的气。可真是臭极了。”

“你用什么东西给抹香鲸尸体放气？”雅辛娜很好奇，“不会是一把小刀吧？”

“当然不是，”大卫·霍克尼骄傲地说，“用的是一把很大的电锯。那种能锯断大树的电锯，去给死鲸开膛。我是全副武装，戴着防毒面具。扑哧一下子，鲸鱼肚里的臭气出来了，一下子把我给打倒了。后来，我的衣服洗了很多遍，还是臭。谁都离我远远的，因为我是个臭人！”大家都笑起来了。

天亮了。他们几个人很早就乘船出发，向东驶去，来到了汤加海沟所在的海域。从这里，看不到海面之下那条著名的海沟。很快，胡石磊就看到了一条巨大的鲸鱼，是一条长达几十米的抹香鲸，它游过来游过去，像是在寻找什么。它浮上水面，呼吸了新鲜的氧气，然后一个猛子扎下去，在海水里就不见了。啊，几个人惊呼着。他们都很羡慕这自由潜水的真正高手——只要是吸一口气，它就能潜入水中待上好几个小时。

西村驾驶机船，他们三个潜水。他们找到了一片珊瑚礁水域，开始潜水。潜入珊瑚礁，大卫·霍克尼在水中示意，附近就是那条很深的海沟。洋流速度很快，胡石磊跟在大卫·霍克尼的后面，摆动脚蹼，很悠闲地去摘取礁石缝隙里长的鲍鱼。

这里的鲍鱼个儿大，非常肥美。忽然，他们都听到了来自海沟深处的声响，就像是有巨兽在打斗一样，传来了一阵震雷和闷锣声。水波的涌动也变得剧烈了。很快，就在他们的视线里，有一团纠缠不清，还在激烈缠斗的巨大黑影，迅速地上浮起来了！

他们都吓傻了，赶紧浮到海面。幸亏他们上浮快，而那团黑影也在距离他们几十米外的地方发出了砰的一声巨响，跳出了海面。

是的，胡石磊和大卫·霍克尼、雅辛娜，还有船上的西村京太郎，都看到了那团黑影冲出了海面，啊！那一刻胡石磊摘下面镜，惊呆了！他们看到了两只巨大的海生物，一头是几十米长的抹香鲸——可能就是他们刚才看见下潜的那一头，正在和一条与它差不多大小的大王乌贼纠缠在一起，在进行殊死搏斗。

大王乌贼是深海动物，一般不到浅海来活动，巨型的长达几十米，它既是抹香鲸的猎物，也是抹香鲸的对手。它们缠斗的过程中，不是抹香鲸咬死大王乌贼，就是大王乌贼堵住抹香鲸的排气孔，使它窒息而死，反而成了大王乌贼的猎物。这时，海面沸腾了，水波激烈地涌动，抹香鲸在翻转身体，掀起了层层大浪，溅起了激烈的水花。

这可是千载难逢的好时机，大王乌贼只存在于书籍里，是深海里的怪兽，很少有人能亲眼看见活着的大王乌贼。他们看到的这只大王乌贼，肯定是藏身在那深海沟中，被抹香鲸一嘴擒获了。这是一场殊死搏斗，抹香鲸力大无穷，大王乌贼诡计多端。它们从海沟里一路打斗着上浮到海面，抹香鲸显然是为了呼吸一口新鲜空气。在海面上翻滚的过程中，大王乌贼的触手会滑落，抹香鲸会得到机会。大王乌贼的触手上有很多吸盘，就像巨大的鞭子一样在挥舞着，抽打着抹香鲸和海面，而抹香鲸紧紧咬住了大王乌贼的身体要害，不断地翻滚和冲撞着。它们激烈地战斗了十几分钟，忽然，抹香鲸发出了尖厉的声音，它带着缠绕和裹挟着它身体的大王乌贼，像一块巨石那样向海水深处坠落。

西村京太郎驾驶机船，胡石磊、大卫·霍克尼和雅辛娜戴上面镜，深吸一口气，让氧气充满整个肺部，血氧含量达到最高值，立即下潜，摆动脚上的脚蹼，跟着那团轰隆隆滚动着的，向那无尽而黑暗的海沟掉落的抹香鲸和大王乌贼的影子。

他们也许是不要命了，可是机会难得。胡石磊听到了闷雷般的回声在越来越暗的海沟里回荡。抹香鲸和大王乌贼还在缠斗，到底会鹿死谁手？谁都可能打败对方，这一次是胜负难料。胡石磊的心悬着，他想不到抹香鲸会这么厉害，大王乌贼这么巨大，这巨大的史前动物之间的生存斗争，会这么激烈。海沟里，缠斗的声音在持续，这一刻无比漫长，又无比的短暂。忽然，那类似巨石滚落的声音没有了。然后，胡石磊看见黑色的乌贼墨汁涌了上来，把海水都染黑了。这是大王乌贼的重要手段，喷射墨汁妨碍对手视线，然后趁机逃脱。

他们又浮上海面，上了机船，在船上瞭望着那片海域。乌贼喷吐出来的墨汁把一小片海面染黑了。只是不见抹香鲸的影子，也看不见大王乌贼的影子。

他们等了好久，也看不到结果，墨汁很快也被洋流带走了。

到了第二天，他们来到这片海域，仍旧看不到那场大战的结果。胡石磊的心悬着。他看到了在附近海面有游弋的鲨鱼，那是一群大白鲨，它们那利剑一样的背鳍浮出水面，像是无声的示威和警告。

第三天，他们驾驶机船又来到这片海域，看到了大批的鲣鸟正在海面上聚集，和那些闻腥而动的大白鲨在抢着什么。他们的船开过去，看到了一些大王乌贼触手的残肢在水面漂浮。这场战斗的结果出来了：大王乌贼输了，它成了抹香鲸的猎物。海面上，大王乌贼触手上的吸盘个个有脸盆大小，已经失去了颜色，变得苍白软弱。这场大战，大王乌贼败了，而那只抹香鲸吃饱喝足，估计早就踏上了继续洄游的旅程了。

这个夏天结束之后，胡石磊回到了国内，继续打理自己公司的业务。手下的人都干得很好，并不用让他操太多心。

他还听到了汪雁的消息——她在南方一座城市再婚了。这对他是个安慰，也让他忧伤。他们的距离远了，形同陌路。晚上，躺在喧闹城市里的一张床上，他心情郁闷，无法缓解，格外想念那些潜水的日子。

他盼望着冬天赶紧过去，开春之后他就要出发了。

他和大卫·霍克尼约好了，明年夏天，他们再去太平洋上那些美丽得如同串珠和项链的岛国潜水。

第三年的春夏之交，胡石磊飞到了斐济。他和大卫·霍克尼约好在这里潜水，观察鲸鱼，并进行海底狩猎。这片广袤的南太平洋海域，一直是大洋中的各种鲸鱼洄游的必经之地。鲸鱼跟着洋流，随着季节，沿着某条从古到今的觅食路线，依照太阳的方位进行定位，在几个大洋之间洄游。去年，在汤加海沟看到了一场抹香鲸和大王乌贼的决斗，今年夏天，会有什么样的惊喜等着他？

大卫·霍克尼比他早到两天，他是从澳大利亚飞过来的。经过了一个秋天和冬天，大卫·霍克尼养得很壮实。他们碰面后都很兴奋，大卫·霍克尼说："今年你能听到座头鲸的歌声，昨天我出海发现，在斐济群岛的座头鲸群很多，三三两两的，到处都是。"

"座头鲸会唱歌？"胡石磊很惊奇，"我还真没有听过。"

"我手机里有录音，等下给你放。不过，明天你在海里能亲耳听到，很独特的歌声，你会迷惑的。好了，咱们先去吃饭。今年雅辛娜不来了，西村到阿拉斯加找因纽特女人去了。我告诉你一个秘密，西村原先有一个印第安人老婆，后来她死了。今年，他想去找个因纽特女人做老婆。你们东亚人呢，现在的活法越来越多了。比方说，过去可没什么中国人喜欢自由潜水。”

看来今年夏天，在斐济潜水的熟人，就只有胡石磊和大卫·霍克尼了。

“那是，现在的中国人全世界到处都是，活法也很多样。不过，我的确想看看座头鲸，听它唱歌。”胡石磊说。

“听了鲸鱼唱歌，你就会有艳遇的。”大卫·霍克尼神秘地说。

胡石磊淡淡一笑：“但愿。可你呢？你又怎样？”

座头鲸又叫大翅鲸，因为它长着一对巨大的侧鳍，就像是长了一双翅膀。它块头很大，灰黑色的身体，肚腹是白色的，上面一般会寄生海贝之类的东西。座头鲸的特点是喜欢成双入对地活动。它们也是深潜的高手，一旦深潜，你几个小时都不会看到它的踪迹。座头鲸的叫声，非常像人唱歌。鲸鱼的叫声各有不同，大卫·霍克尼给胡石磊放了几种不同的鲸鱼叫声的录音。他说：

“现在最让座头鲸烦恼的，是我们人类的远洋运输船。这样的船，小的有几万吨，大的有十几、几十万吨。在海洋上走，轮船发动机在水下发出的声音就像是巨雷，会干扰和破坏座头鲸的声呐系统，使座头鲸无法准确定位。严重的话，座头鲸会迷失方向，被远洋运输船撞伤，甚至撞死。可即便如此，座头鲸还是要唱歌的。”

胡石磊头一次在大卫·霍克尼的手机录音机里，听到了座头鲸的歌唱，他还以为是某个乐手的演奏呢。座头鲸的歌声，有旋律和节奏，时而低沉，时而尖厉，音调很高，人的耳朵会受不了。几头座头鲸互相呼应，彼此呼唤，这时就构成了交响乐，高音低音，回旋往复，欢快酣畅，美妙生动。

一早他们就出发去斐济外海的一处小岛边潜水。

下水后，他就看到在水面之下有一只座头鲸正在畅快地浮游。说浮游，是很生动的描述。那只座头鲸悠然自得地游动，不时上浮到半潜的状态，呼吸一下。

他游过去，慢慢地靠近它，和它近在咫尺。是的，这一刻必须慢。他伸出了右手，摸到了它的尾巴。它的尾巴就像是一把巨大的棕榈树叶一样散开来，缓慢地左右摇摆。他缓慢地抓住了它的尾巴，它并不吃惊，而是继续摇摆着前行。因为有过和鲸鱼接触的经验了，这一次他很自得。他摆动了一下脚蹼，长长的脚蹼助力他向前游动，他和它在并排游动了。

此时，在遥远的海面传来了打雷般的轰隆声。那声音由远及近，越来越响，在水底下听着，真是震耳欲聋。声响惊动了这只座头鲸，它发出了急促的声音，这声音让胡石磊感觉就如同近处爆响的炸雷，十分刺耳。他的脑袋都快被这声音刺穿了。紧接着，座头鲸加快了游泳的速度，不到半分钟，就消失在海水里，不见了踪迹。

胡石磊浮出了海面，他看到一艘远洋货轮，正在海平面上行驶，身影越来越大，往斐济港口开去。鲸鱼害怕远洋货轮，要躲着走。鲸鱼不是人类制造物的对手，这一点，他亲眼看到了。

胡石磊向机船所在处游了过去。大卫·霍克尼在船上摄影呢。他发现了一群路过的海豚。有不远处游船上的游客在尖叫。

远处的海面上，一些海豚正在飞跃起来，划出一道道漂亮的弧线。海豚是大海里最聪明的动物，它们还非常顽皮，喜欢和人类互动。它们知道友善的人会给它们喂食小鱼，这样的馈赠不要白不要。

在斐济，大卫·霍克尼要教会他进行海底狩猎。这一天，他们收拾停当，戴好了护面和水呼吸器，然后潜水。海水非常清澈透明。太平洋的海水数这里最透亮了，真是名不虚传。下潜之后，胡石磊看见大卫·霍克尼手里拿着水气枪在渔猎。他在水下寻找着金枪鱼，或者是凶猛的梭鱼，缓慢地摆动着脚蹼。

在一片珊瑚礁旁，胡石磊看到了一个蓝鳍金枪鱼群。这群有着蓝色的鳍、像猪那么大的鱼游来游去，它们一点都不怕他。金枪鱼喜欢扎堆，它的胸鳍、侧鳍和尾鳍都很漂亮。过去，他吃过金枪鱼做的生鱼片，现在，这活鱼就在眼前，该不该一把抓住它呢？他靠了过去。可蓝鳍金枪鱼没有那么好惹，它们是吃鱼的鱼，十分凶猛。此外，还有黄鳍金枪鱼也在游弋。黄鳍金枪鱼的鳍是黄色的，就像锋利的弯刀形状。

忽然，眼前几条梭鱼一闪而过。梭鱼的体形像是一把笨重的铡刀，又宽、又长、又厚，长相也很凶恶，眼睛很大，圆睁着，下巴长长的，往前伸出来，露出了锋利的牙齿。在浅海的珊瑚礁地带，只要是看到了小鱼和小螃蟹、小龙虾，梭鱼一口就咬住，然后，它那锋利的牙齿就像是齿轮一样把猎获物给吞下去。

大卫·霍克尼拿着水枪，在水中来回逡巡。海底狩猎有时候也很危险。大卫·霍克尼告诉过他，有一次，大卫在加州海域的潜水狩猎当中，射中一条很大的金枪鱼，结果，刺枪线镖击中了金枪鱼，金枪鱼猛然一抖，情急之下赶紧逃命，就往深海里猛跑，拽着大卫·霍克尼就向深海而去。

“那一瞬间非常可怕。对金枪鱼来说，它是为了逃生。它中枪了，刺枪连带着鱼线。可我却反应不及，一下子就被那条两米多长的金枪鱼给带到深海里了。耳压和水压瞬间发生变化，我就晕眩了。” 大卫·霍克尼沉默了，感到后怕。

“那你是怎么脱险的？”胡石磊问。他后来当然是脱险了。

“我只能放弃啊，亲爱的兄弟，那一刻，我成了金枪鱼的猎物，它要把我带到地狱里去，所以，在几秒的时间里我做出了正确的选择——松开了手里的鱼枪，任凭它把鱼枪带到深海里去了，而我，则快速上浮。当时，我的胸憋闷得都要爆炸了，体内的血氧含量迅速降低，必须回到海面我才能活下来。那一刻无比漫长啊，是我生命的极限了。我像剑鱼一样从水下猛地跳出来，啊，白花花的阳光和扑面而来的空气覆盖了我的脸，我猛地吸了几口，这一下，我活过来了。没有成为我猎物的猎物，真是太幸运了。”

这是大卫·霍克尼的渔猎故事。所以，对付海里的那些大鱼，可要小心一些。“海洋是它们的地盘，是它们的天地，在这里，人类不过是些客人，最好不要把自己想象成一个主人。”大卫·霍克尼最后总结说。

胡石磊知道自己是个新手，当然要很小心，潜水狩猎对于他来说，还是一个新课题。他不喜欢去招惹金枪鱼，他还没到大卫·霍克尼那个段位。

他最喜欢干的，是到珊瑚礁旁摸贝类和鲍鱼。鲍鱼长在礁石上，要用潜水刀割下来。也就是说，作为一个初级海碰子，他最大的成就是随便捡点东西带上来就很好了。

在水深超过二百米的海域，胡石磊更喜欢绳潜。沿着一条垂挂到海底的绳子，一下子潜下去，可以感觉到水深的不断变化，由明到暗，这一刻是那么的美，那么的匪夷所思。

一眨眼，所有海里的生物都展现在你眼前了，所有的东西构成了一个鲜活的世界，摇曳的水草，五彩斑斓的珊瑚礁，各种颜色鲜亮的海鱼、龙虾、海鳗和螃蟹，都在水里，还有如同海妖一样摇动身体的海藻和海带。啊，这样的海底世界太丰富而美丽了，只有在自由潜水的时候才能收揽到眼睛里。

这就是大海，大海以她那无比宽阔的胸怀，吸纳了他的悲伤，瓦解他内心里的痛苦和忧郁。大海能够让他内心里积郁的、由儿子死亡带来的黑暗——那种东西很难形容——就像乌贼逃跑时吐出来的一团黑乎乎的墨汁，在湛蓝透明的海水里逐渐地被稀释，然后，世界重新变得透亮起来。

他感觉他的心正在变得轻起来。这就是大海的能力。他的丧子之痛、之沉重，在大海里得到了缓解。在海水中，一天天，他看到儿子的影子在变得模糊，有时候就看不见了，在缓慢消失了。

有时候，在潜水时，胡石磊下潜到一定深度，就停下来了。他仰躺着，悬浮在水中间一动不动，静静地内视自己的生命，外视海里的景观。他在舔舐内心的创痛。儿子的死对于他来说是最大的创伤，这也是为什么他看到了抹香鲸母子会十分动情，这场景能让他想到儿子。儿子被大海带走了，如今，他也在大海里，以这样的方式和儿子靠近。可儿子在哪里？

像这样仰躺着悬浮在海水中，停下来，短短的一两分钟，不靠水肺呼吸，没有氧气瓶，只有面镜和脚蹼，这时的他就是一只海生物。那些身边的海鱼来来往往，热闹非凡，但它们也把他看成一条鱼，一条无害的大鱼。他在那里平静地摊开身体，睁开眼睛，看着这海中的世界。海藻、海带构成的森林在繁茂生长，珊瑚礁在阳光的映照下显得艳丽和斑斓，洋流带来了微生物，海鱼在欢乐地追逐、捕猎、繁衍和死亡，这些海生物都是生机勃勃的，即使危机四伏，也顽强生存。

他感受到了什么？在海水的中央，上方的光亮打下来，照射在他身上，那个时候，他感觉到自己回到了母体。

是的，就像是躺在母亲的腹腔里，有羊水给他提供营养，让他生长。这大海让他像一个胎儿那样复归母体，在海水里安静地思念自己的前世今生。他就那么安静地待在海水中间冥思。他知道，有人在沙漠的中央冥思，那里的天空和星星无比简单和繁盛，没有人世的喧嚷。

在海水中，他冥思着，作为胎儿回到了大海母亲的怀抱里。他感觉好多了，这一次真的好多了。因为他的儿子和他一样，早就复归于大海母亲的子宫里了。

碰到郭娜是在第四年的夏天，地点是在夏威夷。那一年，胡石磊和不少自由潜水爱好者来到了夏威夷。从那里往东，就是浩瀚的东太平洋。

夏威夷群岛在所有的季节里都适合旅游潜水，它的纬度决定了这一点。当时，胡石磊和大卫·霍克尼刚刚碰面，一个自由潜水组织的朋友说，有一个叫郭娜的人，也想加入到他们的队列里，她已经有些潜水经历了。在自由潜水者组织的夏季活动里，到处都是他们的人。

胡石磊看到郭娜了，她是一个加拿大籍华人，有着小麦色的皮肤，一看就知道她是经常在海边待着。她长着一双细细的眼睛，虽然不大但很亲切。鸭蛋形的脸，肩膀不宽，臀部浑圆。她的胸部丰满，中等个儿，说话的声音很好听："胡石磊，一看就知道你是一个南方人。"

"为什么？我是浙江宁波人。"胡石磊说，"知道宁波吗？"

"因为你很精干。我知道宁波，上海人有一半都是宁波籍贯。"

认识之后，她告诉他，在六岁的时候，她就由父母亲带到加拿大了。她在多伦多长大，大学毕业后去美国南方的佛罗里达生活了一段时间。她的中文名字叫郭娜，英文名字叫郭安娜。她的中文不错，和胡石磊交流没有任何障碍。

他觉得认识她很高兴。这个姑娘和他一点违和感都没有。

他们就去夏威夷的外岛去潜水。这里的潜水生手和跛脚鸭很多，在夏威夷，教授潜水是一门很好的生意，因为从全世界来了很多人，他们大部分都是闲人，都想学习潜水，于是，这里最好的生意就是教他们学潜水。不过，让这些家伙学习自由潜水还是不行的，保险大部分会给呛死。

郭娜是一家美国迈阿密人开办的公司的潜水教练，和他们一起来的。听说了大卫·霍克尼和胡石磊在这几年环绕着太平洋进行自由潜水，她很兴奋："我想和你们一起行动了。我讨厌那些娇气的就喜欢尖叫的笨蛋潜水爱好者。"

"你都来了一个星期了。今年在夏威夷潜水，我们能看到什么？"大卫·霍克尼问她。

“鲨鱼和鲸鱼，海豚，龙虾，海鳗，螃蟹，环纹海蛇，蝠鲼。”郭娜说。

“蝠鲼？这里会出现蝠鲼？”胡石磊很感兴趣。

“是的，蝠鲼有很多，在这个季节，它们到这里来吃洋流里的浮游生物。这家伙就像是披着黑斗篷、拖着长尾巴的巫师一样。它们会张开大嘴巴吞咽海水，海水进去，从鳃那里流出去，小鱼小虾米留下来被吞进肚子。”

胡石磊说：“蝠鲼的样子的确是很奇葩，像是黑蝙蝠、黑武士，又像是大巫师。”

“我们还会见到海马。在这个季节里，正是它们繁殖的好季节。”郭娜说。

他们几个在一片珊瑚礁茂盛的地方下潜了。那里的能见度非常好，是一片浅海区域。水下也有很多海藻和海带，形成了一片海底的森林系统，海生物很多。

他们扎下去，郭娜游在胡石磊的前面，她的身体凹凸有致，就像一条性感美人鱼。她的翘臀在潜水服的包裹下，在海水水流的冲击下，加上脚蹼的上下摆动，显得更加美妙性感，胡石磊想，必须要承认这一点。

胡石磊惊奇于在丧子三年之后，他对一个女人开始有了一点好奇心。这就像是在春天里，有什么东西发芽了。要小心守护这春芽，因为，内心的黑风暴总会突如其来地摧毁一个人所有的美好期待。

他跟在郭娜的后面，靠近了一片珊瑚礁。啊，那片珊瑚礁是红色的。

大卫·霍克尼示意他们仔细观察那些红色的珊瑚礁。他们靠近，看到在这片珊瑚礁下，有很多红色的小海马在那里一弹一跳的。这东西虽然叫海马，但最大的也就三十厘米长。大部分只有几厘米大小，它的脑袋和身体弯曲的样子，很像是一匹马，所以叫海马。不过，也许叫海马虾更合适？这些海马在干什么呢？郭娜和胡石磊仔细地看，原来它们在产卵、孵卵，生孩子。

是的，海马们都在育儿，红色珊瑚礁的那些枝杈上，一个个隐藏着却不得不活动的海马都在跳跃。它们突出了自己的肚子，肚子上有一个育儿袋，从海马的育儿袋里不断往外跳着刚刚成活的海马幼儿。那么多的红色小海马，在一片能迷惑敌人的红色珊瑚礁繁衍生息，它们很聪明。一个个、一股股小海马从大海马的育儿袋里跳出来，弹开来，一蹦一跳地在珊瑚礁之间寻找着安身之所。它们从此进入到一个充满了残酷竞争的大海里。这么多海马都在生育产子，实际上只有百分之十的海马，能够活到成年。

他们不停地上浮，又下潜，就是为了观察这海马繁衍的奇观。

那一天，胡石磊和郭娜看到了生命诞生的美好景象。是的，他和她，一个男人和一个女人，一起透过面镜在水下交流。他们在微笑，用手势在水下沟通，他们要换气，他们继续下潜，看到大量的海马幼鱼在游泳，奔向了无尽的海底森林。对于那些刚刚离开育儿袋的小海马来说，世界是全新的。但立即就有海鱼过来吞噬和捕捉它们。不少小海马刚刚出生几分钟，就被其他鱼类吃掉了。可更多的海马还在继续诞生。

这一生物的繁殖和生存景象，深深地震撼了他。他对失去儿子的痛苦，有了更深的了悟：作为一个父亲，儿子其实迟早要和他告别。

“你知道吗？那些有育儿袋的海马都是公的。是公海马在育儿。这一点和人类不一样。”在夏威夷的傍晚，郭娜和胡石磊躺在椰子树下的吊床上，相隔不远，一边喝着鲜椰子水，一边在聊天说话。他们已经很亲密了。

他假装感到吃惊：“育儿的都是雄性海马？那看来，我们男人要做的事情有很多了。空间还大着呢。”他笑了。

“最好是男人也能怀孕生娃，这样就公平了。”郭娜说。

他感觉和她在靠近。夏威夷的傍晚，太阳在大海上沉落，满世界一片金黄。海风十分温暖宜人，这季节里来到夏威夷的人很多。他和郭娜躺在吊床上，觉得这一刻十分美好。然后，他们一起走向喧嚷的海滩，那里有酒吧和餐厅，他们都饿了。

在餐厅里，吃着虾和墨鱼饭，郭娜看着他：“大卫·霍克尼告诉过我，你离婚了之后，就开始在太平洋潜水了。我也是离过婚的。我离婚，是因为——”

那天晚上，郭娜告诉了胡石磊她自己的故事。

她的故事并不复杂，她曾经嫁给了一个美国小伙子，两个人在大学里就认识。他们一起去了佛罗里达，在那里生活，因为小伙子的父母在那里，他们喜欢佛州的海岸线。她和丈夫生了一个孩子，是一个女孩子。

“有一天，我带着她出去玩儿。我到一家超市买东西。没有注意到她怎么就一下子跑到外面的马路上了，她才三岁，当然没有任何防范意识，然后，一辆红色的跑车飞快地拐弯，一下子就把她——就把她轧到了。”郭娜哽咽了一下，眼睛里都是泪光。

这件事发生在五年以前。后来，她丈夫为这事一直在责怪她。她很内疚，为没有照顾好这个女儿，为她的死内疚不已。她想再生一个，为了他们俩，但她就是无法再怀孕。

“很奇怪的事情。我检查了身体，没有问题，可就是无法怀孕了。然后，就是他和我离婚了。有个屁股很大的姑娘吸引了他，他走了。我也走了。”

“你去了哪里？”胡石磊摸着她的手。她的手很柔软。

“我回到多伦多待了两年，那里很乏味，不如美东地区有活力，可是我在那里度过了少女时代。我的父母亲回到中国，这些年中国发展得很好，他们回到了老家，打算在那里住下来。我呢，就开始到处当潜水教练。我发现自由潜水能够给我带来由衷的快乐，给我带来最大的满足，抚平我内心里的孤独和忧伤。”

原来，这世界上不只是他有丧子之痛。他们是同病相怜的。

那一天晚上，他也告诉了她自己的故事。还有他这三年来的潜水，到过哪些地方。面对她，他有了倾诉的欲望，他什么都告诉她了，郭娜的眼睛闪闪发亮。

“下一步，你想去哪里？”她问他，“你们总是喜欢去不同的海域，很快你们就要换地方了。我知道的，大卫都告诉我了。”

“我们——想去南极看看那边的冰山，进行一次冰潜。那是一个很大的挑战。”他说，“在冰山下潜水，那种感觉——”

“肯定很棒！”郭娜兴奋了起来，“我去过一次南极，不过，我是坐邮轮去的。我知道每年的夏天，有很多蓝鲸去那里吃磷虾。蓝鲸很大很大，喷出来的水柱子很高，我见过蓝鲸喷水的时候，就像是火车鸣笛一样响。还有企鹅，很多企鹅都不怕人。”

忽然，大卫·霍克尼不知道从哪里冒出来了，他赶过来是为了告诉胡石磊一个好消息：

“兄弟，我们可以去南极了。我找到了一个瑞典人，在智利他有一艘帆船。我们不能坐大邮轮去，只有坐帆船靠着季风去那里，才会有意思。但往南极走，必经安德鲁海峡，那里的风非常大，会有很大的危险。我决定了，要和那个瑞典人一起坐帆船去南极，胡石磊，还有郭安娜，你们愿意去吗？”

“太好了！我可以。”胡石磊很兴奋。他看着郭娜，目光里有着期待。

她挽起胡石磊的胳膊，点了点头：“大卫，我也去。我和你们一起去。”

他们在夏威夷继续做着准备，再过一些天，在这个夏天的末尾，他们就要启程前往南极。在南极，会有更壮观的风景，那美丽的海上世界和海水下面的世界等待着他们去探索。

胡石磊和郭娜拥抱在一起。在睡梦中，他已经到了南极，看到了巨大的蓝鲸像一艘船那样从远处游过来，它的鼻孔喷出了高达十米的水柱，还发出了列车经过的呼啸声。在南极水域，到处都是红色的磷虾。各种大鲸纷纷到达南极，座头鲸、抹香鲸、灰鲸，连狡诈的虎鲸也来了，都在进食磷虾。

胡石磊感觉到内心里有一种雄海马育儿的心情了。是的，他也是一只雄海马，有着自己的育儿袋。他和郭娜抱在一起，在睡梦中，革鳞鮨的排卵和授精大战在进行，海马的育儿在进行，海洋里所有的生命都在繁衍生息，生生不息。

唯有大海不悲伤，他终于把悲伤交给了大海。大海接纳了他，他的儿子已经幻化成海生物，隐入海水不见了。他的悲伤也像大鲸鱼消失在海沟里一样，不见了，而他和郭娜、大卫·霍克尼还要继续启程，在海上向着南极远行。

他还梦见了南极的冰山。冰山在底部不断遭到海水洋流的侵蚀，渐渐地变得头重脚轻的了。然后，一下子就翻转过来大头冲下。那一刻天崩地裂，十分壮观，声音震耳欲聋，就像创世记一样令人震撼。

2018年2月21日

鳄鱼猎人

载着几个游客的玻璃钢透明观光圆筒在滑轮钢缆的带动下，在鳄鱼水族馆里缓缓下降。杜飞这时开始后悔了，但已经来不及了。

这个鳄鱼水族馆就像一座游泳池那么大。现在，玻璃钢透明观光圆筒已降到水面以下，杜飞睁大了眼睛往外面看。外面是透明的，不像是已经到了水下，倒像是在空气中。他牢牢地抓住扶手，站稳了脚跟，膝盖稍微弯曲着，上半身挺直，下意识地采取了电梯意外急速坠落时需要采取的自救保护动作，这说明了他严阵以待的心态，为即将出现的鳄鱼袭击做好了准备。

如果知道水里有鳄鱼，你还敢下水吗？达尔文鳄鱼公园的这项活动——与鳄鱼一起面对面，十分危险，却成为了旅游大热门。现在，杜飞就在“死亡之笼”里缓慢下潜。这是可以装三名游客的九英尺高的透明圆筒，管理员把圆筒从上面封闭好，再慢慢放进鳄鱼池。透明的水族箱内外，模仿了达尔文市郊的那条阿德莱德河的水下环境，水生植物异常茂密，水草叶子肥厚，就像是拉长的牛舌头，在水中漂浮。还有一些像是枯枝败叶，但却是能适应淡水和咸水交汇处的、生命力很顽强的水草，一簇簇在摇曳，神秘而黑暗。

稍微定了定神，杜飞就看到了鳄鱼水族馆里游弋着的水下动物了。很多漂亮的鱼在悠闲地游动，令人目不暇接。水族馆是一个安详平和的世界，哪里像是有危险的鳄鱼存在呢？

杜飞正在琢磨着，余光瞥见有一团暗黑的阴影，刹那间就从一片水草茂密的地方升起来，速度非常快，快到了他根本来不及反应，那团黑影就撞在了玻璃钢圆筒上，只听见一阵咣叽、咔嚓咔嚓、嗞嗞嗞嗞……的尖厉刺耳的声音划过，他这才看见，就在他眼前，一只鳄鱼的血盆大嘴张开来，猛地咬在他眼前的玻璃钢圆筒外侧。

他吓坏了，赶紧蹲下来，他旁边还有两个本来以为自己胆大无比的白人姑娘现在也开始尖叫了，嘴里都是“上帝救我！”的尖厉的呼喊。女人的尖叫刺激了鳄鱼，鳄鱼一个转身，又撞了过来，观光圆筒开始在水中摇摆了，他们一个趔趄，几乎都站不稳了。近距离看鳄鱼，它十分巨大，比他想象的要大很多，他根本就不是它的对手，何况它咬住猎物之后还有一个著名的死亡翻滚。

杜飞的血液要凝固了，这条巨大的鳄鱼正用它那荧光闪闪的、阴险凶狠的眼睛看着他，示威似的张着大嘴，来回逡巡。它的大嘴里鳄牙交错，外溢着一些黏稠的液体，在水流中漂荡成丝线。它冲过来，尖利的牙齿咬在玻璃钢圆筒外壁上，可这玻璃钢观光圆筒坚固无比，鳄鱼的大牙吱吱响，在外面划出来一道白色齿痕，没有咬破这观光圆筒。但它还是不死心，鳄鱼怒了，又一口，这一瞬间让杜飞看得很清楚，它张开的大嘴能一口就把他吞下去。它的大嘴张开来，就像是一把大钳子，咣叽一下，猛地咬合在一起，声音震耳欲聋，震动着他的耳膜和水中的世界，水草飘摇得更加猛烈，如同塞壬的乱发，海鱼开始四下逃窜，躲得远远的。玻璃钢观光圆筒猛烈晃动着。

还好，杜飞现在十分庆幸他在这玻璃钢圆筒里——这人类发明的最坚硬、透明的观光器具里，来近距离地接近那凶残而可恶的鳄鱼。他又听见了身边两个白人姑娘的尖叫，那种声音绝望到了简直就像是死亡已经降临在她们头顶上了。可实际上，十分安全。鳄鱼根本就无计可施，这玻璃钢观光器坚固、透明，让聪明绝顶的鳄鱼都上当了，尽管它抱着侥幸心理，想来和更加聪明绝顶的人类斗一斗，假如能有个机会这东西被它的牙齿咬碎了，那它就有人肉吃了，人肉的滋味一定是它很渴望品尝的。

鳄鱼见到又一次的失败，就明白它的确碰到难题了，它犹豫了一下，不满地转身摆动着身体，它的尾巴就像是巨型鞭子那样横扫玻璃钢圆筒，咣当一声，闷响在水下传开，杜飞感到自己的腿部受到了很大的震动，他弯曲膝盖，牢牢抓住扶手，没有倒下来。那只鳄鱼左右摆动尾巴，几下子就消失在暗黑的水族馆里，不见了。杜飞出了一身的冷汗。

走出了这个达尔文市著名的鳄鱼公园，他还在臭骂自己，为什么要傻到了把自己装到“死亡之笼”里送到鳄鱼的嘴边去让鳄鱼戏弄。其实，他最不喜欢的，就是去亲近野生动物——人在车里，车窗外就是狮子、老虎、熊和豹子等猛兽，那是很容易出意外的。野兽就是野兽，天性野蛮。他早就听说北京八达岭野生动物园里就有游客不遵守规矩被老虎咬死的事情，到现在游客还在和动物园扯皮。

在他前面，出了游乐园大门的两个白人姑娘，一个金发，一个褐发，都穿着牛仔裤，那个金发的白人姑娘屁股很大，但包裹着浑圆屁股的地方有一团湿了的痕迹，这说明刚才她在观光玻璃钢圆筒里被鳄鱼吓得尿了裤子。

他赶紧看了看自己的裤裆，还好，他没有尿裤子。

杜飞还记得第一次飞向澳大利亚的空中所见。他在靠窗的位置坐着，等到飞机越过了安达曼海，越过了印度尼西亚东边那些拉拉杂杂的岛屿上空，飞临了澳大利亚最北部的达尔文市上空，他看到了大片的海水和陆地上河流交叉混杂的地貌。大海的蔚蓝色和澳大利亚大陆的褐黄色连接了起来，形成了鲜明的对比。达尔文市，一个能让人联想到进化论的发明者、伟大的博物学家达尔文的光辉业绩的地名，让他印象深刻。

澳大利亚就是有着这样的历史——被航海家“发现”，被一代代新澳洲人开拓创造的历史。再往南飞，飞向澳大利亚东南部的墨尔本，从万米高空看下去，澳大利亚大陆岛的地形地貌不断变化，褐黄的沙地，红色沙漠，艾尔斯巨岩——那块被澳洲土著当作图腾的、巨大的红色横断切面形状的岩石山，就在澳大利亚的中部。他翻阅着眼前的航空杂志，注视着画册上的艾尔斯巨岩，在大地上搜寻着它的身影，可当时的航线并不经过艾尔斯巨岩的上空，他看不见它。他很想去探访这个地方，这块巨大的红色扇形岩石山太神奇和神秘了。不过，他在澳大利亚定居下来之后，就暂时忘记要探寻这座岩石山了。

飞机继续飞，飞越了沙漠地带，他看到了澳大利亚连绵的绿色森林，估计大部分都是桉树——果不其然，后来，他认识了澳大利亚的几百种桉树。飞机在即将到达墨尔本的时候，远看以为是下雪了，可飞机降落到两千米高度的时候，他发现，原来那雪堆、棉絮状的东西，不过是澳洲的云彩。

后来，有人问杜飞来到澳大利亚的墨尔本，最初的印象是什么，他会说："是海风的味道。我一出机场，就闻到了那清新、冰爽、略带咸味和暖意的潮湿的海风，扑进了我的怀里，钻进了我的鼻孔。澳大利亚的海风和其他地方完全不一样。空气不一样，那么，对于我，一切就都新鲜起来了。"

"你是说带我去抓鳄鱼？抓吃人的鳄鱼？"杜飞看着眼前的这个澳洲白人的布满了褐色斑点的脸，有点吃惊地说。

杰夫·戴特戴着一顶在炽热的阳光下早就褪色了的棒球帽，显示了达尔文市的阳光要比墨尔本的阳光强烈得多。他们认识有几年了。杰夫·戴特是一个农场主，热心于艺术公益，前年给他的一部小成本纪录短片资助了一笔钱，他们就认识了。杰夫·戴特喜欢达尔文市，每年都要在那里生活几个月。

"我觉得，你应该拍摄一部抓鳄鱼的纪录片。我现在想的，就是我抓鳄鱼你拍电影，这多好！你愿意和我一起去吗，杜？你应该是一个勇敢的人。”杰夫·戴特带着怀疑和激将的口吻说。

“我很害怕鳄鱼啊，你不是让我去喂鳄鱼的吧？”杜飞想起来去年的此时，他和杀人凶犯弗兰克·奥布莱恩扭打在一起的时候，那家伙看着他的眼神跟鳄鱼一样凶。如今，弗兰克·奥布莱恩可能已被关在塔斯马尼亚岛上的石头大牢里了。

“杜，是这样，有一条白化的鳄鱼，在阿德莱德河镇已经吃了两个人。整个达尔文市，或者整个澳大利亚都在关注这件事。所以，我们要抓住那条白化鳄鱼。”

“鳄鱼也能白化？这是一种人才会得的皮肤病吧？”杜飞很诧异。

杰夫·戴特笑了。“有科学家说，我们白人就是白化的结果。人类最初都是从非洲走出来的，祖先都是黑色皮肤。你们黄种人也是非洲黑色皮肤的远古人类先祖的后裔。当然，这不过还是一个假说，我们就当是一个说法。但那条白化鳄鱼，却是真真切切地存在的，它还吃了两个人。死者的家属愤怒地提出了申请，要求捕杀那条白化鳄鱼。现在，达尔文市政府悬赏鳄鱼猎人去抓住那条吃人鳄鱼，在抓捕过程中如果鳄鱼危及人的生命，就可以杀了它。正当防卫是没有错的。但我们先得找到它，我最先提出了申请，拿到了抓捕鳄鱼的一张执照。”杰夫·戴特说。

杜飞动心了。这是因为来到澳大利亚之后，在工作之余，他在几年时间里拍过几部纪录短片。题材有关于桉树和考拉的故事的，有关于澳洲小企鹅的，还有关于袋鼠袭击人类的。澳大利亚的桉树有几百种，他都一一辨认了，在那部关于桉树和考拉的纪录片里，他拍摄了桉树的种类，考拉为什么喜欢吃桉树叶，又为什么会喜欢睡觉。接着，情节转到了考拉被偷的故事：三个印度人用木头杆子硬生生把一只睡觉的考拉从树上捅下来抓住，把这只考拉偷走了，最后在警察的追踪下归还了考拉的故事。

杜飞还拍摄了小企鹅的纪录片。在那个纪录短片里，有个台湾地区来的游客，是个小伙子，他竟然偷了一只小企鹅，就在墨尔本市郊的小企鹅岛上。每年有个时间段，小企鹅都会上岸，这个年轻人可能是太喜欢小企鹅了，就想偷一只带走，等夜幕降临，他埋伏在小企鹅必经道路边的灌木丛里，伺机抓到了一只，塞进背包里。幸亏每一只小企鹅身上都有电子追踪芯片，所以，当小企鹅被偷之后，立即被电子追踪警报器发现。警察进行了追踪和抓捕，那个小伙子在去悉尼的长途大巴上被抓到，乖乖交出了被他藏在背包里的小企鹅。警察、动物保护者、记者和志愿者杜飞都参与了那一次的追踪。警察抓到了他，这个华人小伙子一脸无辜，不知道自己触犯了澳大利亚的相关法律，他还以为野生小企鹅谁抓到了就是谁的呢。

至于拍摄袋鼠袭击人类的纪录片，可让他吃了苦头。一头发狂的袋鼠接连袭击了晨跑的人，把其中一个女的打成了脑震荡。袋鼠可是拳击高手，出拳速度快，准确而凶狠。估计泰森都不是一只成年雄性袋鼠的对手，即使袋鼠戴上拳套。消息传开来，警察闻风出动，动物园派来了袋鼠专家，媒体也纷纷前来报道，杜飞也跟着潜伏在那片袋鼠出没的区域，和动物园员工、警察一起，守候着神出鬼没的那只脾气暴躁的大袋鼠。但他们守候了三天，那只袋鼠都没有出现。

第四天，杜飞装扮成一个晨跑的人，在小道上跑步的时候，突然就从旁边的草丛中一跃而起一只袋鼠，快速地将他击倒，然后那袋鼠还拿两只脚一跳一跳地踩他，把他当成一个玩具，踩了一个半死，随后才被在车里惊醒后出来的警察拿麻醉枪将袋鼠击倒，让杜飞摆脱了困境。即使那袋鼠殴击他、踩踏他，他手里的数码摄像机还没有松开，这时的狼狈相可是很宝贵的影像素材呢。

杜飞拿着自己拍摄的这些纪录短片去参加一些国际影展，获得了几个纪录片单元的小奖，这使他在拍摄动物方面有了点小名气。澳大利亚还有一个电影政策，就是电影拍出来两年之内都算新电影，都可以持续地参加影展，获奖之后就有几十万澳元支持，所以，杜飞过得也很好。不过，他在澳大利亚已经学会了生存，十年下来，他干过不少营生，这拍纪录电影，不过是他的兴趣罢了。

当达尔文市出现了一只白化鳄鱼吃人，需要抓住它时，杰夫·戴特就来找他，希望他用纪录片记录抓鳄鱼的伟大过程。

杜飞欣然答应了杰夫·戴特的邀请，回家准备东西，翌日就和杰夫·戴特一起前往达尔文市了。

“你的活法，和来澳洲的老华人太不一样了。祝贺你获得了悉尼电影节的纪录片奖。”金志成一边抽着烟斗，一边松开了握着杜飞的手。他的手白皙、绵软，一看就知道是生意人的手。

“不过，让澳洲华商协会出面组织请愿捉拿凶手，这个事情，也不那么好办。本来澳大利亚就一直有个白澳政策，你知道的，每年从欧洲的英国、爱尔兰移民的配额，要远远大于亚洲黄种人的配额，他们内心里害怕来澳洲的华人、印度人、越南人太多了，就想着要限制移民。移民还是要做好自己的事情。”

“澳大利亚本来就是一个移民国家，再说了，华人的声音本来就不大，协会为这事应该出头。”杜飞闻不惯金会长喷吐出来的丹麦烟丝的浓郁香气。

“那不过是个刑事案件，也不是针对华人商人的，受害者是个女孩，对吧？所以，杜飞，你让我们协会出面，这个就很勉强。但我旗下的媒体可以继续鼓噪，跟踪报道，保持关注度，给他们以舆论的压力，这总是可以吧？”

金志成是一位华人地产商，来自福建，一九八七年就来到了澳大利亚，开始了他的澳洲创业经历。作为从大陆来澳大利亚的华人新移民，经过了三十年的顽强拼搏，他现在是墨尔本华福集团的董事长，集团的公司业务涉及房地产行业、教育培训、华文报纸和网络媒体、国际旅行社业务。

杜飞知道金志成的故事，他去年还出版了一部自传，叫作《我的澳洲梦》，澳大利亚的华人人手一本。书上说，金志成来到澳洲那一年，他身上只带了几百美元，就开始了在澳洲的闯荡。作为澳洲房地产行业中崛起的新贵，他是新华人移民中做得很不错的一个，他已经由当初的一文不名，变成了新华人移民中间的亿万富翁级的实业家，总资产已经有数十亿澳元。

和他同时来到澳大利亚的还有很多大陆人，都饱受“黑民”——没有身份、超期滞留身份之苦，有的还进过警察局，有的过着朝不保夕、饥寒交迫的生活。经过了二三十年的努力，如今，他们都成了澳洲新华人移民的代表，适应了当地的文化习俗和法律经济环境，如鱼得水。他们中间，从事家具行业的后来做得很大，几乎垄断了某个类型家具的市场，有的占领盆景和花卉市场，成了行业的精英，有的华人是澳洲专门做壁炉的供应商，有的成为大小超市的老板，至于开餐馆、中医诊所的华人，就更多了。还有的在跨国保险公司里担当高级管理人员，更多的人当上了职业经理人和报纸、网络传媒的投资人。目前，澳大利亚约有两百多万华人移民，主要分布在墨尔本、悉尼、布里斯班等东部沿海的大城市里。华人移民群体也成为了澳大利亚多元文化构成的重要组成部分。而大陆的新华人移民大批来到澳大利亚，主要是从上个世纪八十年代中后期开始的。

“我和那些老的华人移民有什么区别？”杜飞也很纳闷。

金会长的眼睛骨碌碌转动，闪闪发亮，他摆了摆烟斗，请杜飞喝茶。“喝口红茶。我见过很多八十年代就来到澳大利亚的华人，一开始打拼，为了生存，那叫一个惨啊。比如说，刚从你的二手车行买了一辆二手车的童大夫，他一九八六年就来到墨尔本，你猜他一开始干什么？”

“不知道，那个时候我才出生。我哪里知道他在墨尔本干什么。”

“他是在圣玛丽医院的太平间里，负责照看冰柜里的尸体。那些尸体，要存放一段时间，在火化之前都放在那里的。所以，他就整天干推尸体的活儿。后来他才慢慢地积累了一点钱，又学了中医推拿、理疗、针灸、按摩，等到这中医诊所在澳大利亚合法化之后，他才开了一家。这都三十年过去了。”

杜飞睁大眼睛：“他比您来得还早啊！这童大夫的手就像是死人的手，冷冰冰的，他抓着我的手，我就感到很难受。他说话也有气无力，就像是一个活死人。”

金志成吐了一口馥郁的香气，握着烟斗，很有一个英国绅士的派头。“对呀，中国人对太平间最敏感了。可他，你看童老头，他是什么都干过，只要能活下来。所以，你要理解他为了五十块钱，能和你磨三个小时的原因所在。就连他这个诊所，还是我帮了他，才能在那个社区开的。”

“我就讨厌童大夫这种磨叽的老头子，都快七十岁了，老想着占我的便宜。可我还是给童大夫便宜了五十块钱。”杜飞笑了笑，沉吟了一会儿，“那我明白了，你的意思就是我们还是要夹紧尾巴，把自己的日子过好，少管闲事，对吧？”

“对，你看童大夫，他想租靠海的那个社区的房子开诊所，周边全是墨尔本的老居民——都是些富裕的白人，现在已经不怎么敢瞧不起中国人了，因为他们祖传下来的好房子，都被这些年来的中国新富人给买下来了，包括他们的游艇和市郊的农场，全买下来了！所以，我去找了社区的人游说，他们才把一间房子租给了童大夫。童大夫用他半辈子的积蓄，开办了这个诊所。早年，中国人刮痧、针灸这类玩意儿，都是被澳洲人看成是半巫半医的鬼把戏，不怎么相信的。为什么说你和他不一样？为什么说你是新华人？你看你，北京奥运会之后，你来的时候就带着足够生活的钱，敢在墨尔本买房子，不仅入股二手车行，还能业余拍电影，到处参加国际影展，柏林、巴黎、威尼斯、戛纳、圣丹斯、东京到处跑，你说你是不是过得不错？”

杜飞觉得他说得很对。“可现在很多中国人都这么生活。那我们更不能对一个华人女孩子的遇害置若罔闻。金会长，您得发挥您的影响力，给他们施加压力，帮助他们尽快捉拿凶手。”

金志成会长放下烟斗，打算结束这次会面，站起来，握着他的手。“杜飞，我会想办法的。那姑娘死得太惨了。是个浙江来的姑娘吧？才二十几岁。唔，不过，现在是选举月，你得发动年轻的华人支持我当选大区议员。这个你可得帮我啊。”

杜飞跟着杰夫·戴特来到了达尔文市。在达尔文市，当地一位熟悉鳄鱼习性的、外号“红人”的意大利后裔瑞德曼前来和他们会合了。瑞德曼个子很高，脸部、脖子和手上的皮肤都很红，果然是名副其实的“红人”。

多年以前，杜飞曾经在空中飞过达尔文市上空，如今，他本人亲自来了。这座城市与英国生物学家达尔文很有关系，一八三九年，达尔文曾到这里考察过，所以这里才以他的名字命名。实际上，这里生活着很多澳洲土著人，十九世纪七十年代在这里发现了金矿，很多淘金者来到这里寻求发财梦，达尔文市就发展起来，现在是一座现代化的滨海城市。市区中心位于港口边一座狭长的岛上。

他们三个人先去市区的史密斯大街上的一家海鲜店吃饭。杜飞看到，达尔文的市区不大，城市建筑有着热带风格，一排排的椰子树后面，矗立着一座座白颜色的玻璃大厦，显得十分明亮。市区里的人简直比草丛里的兔子还少，要是逛了那家购物中心，就等于逛完全市的核心区了。

达尔文市很有些原始的感觉，在街面上走动的人有棕色皮肤的土著人，还有欧洲白人后裔，以及黄皮肤的华人和越南人。这里是澳大利亚北部的矿物运输港，也是连接澳大利亚到亚洲和欧洲的航空转运站，市区有不到十万人。

杜飞想，人这么少，都不够鳄鱼吃的。什么时候他们去中国看看，那任何一座城市都是人山人海、川流不息的。见到杜飞，瑞德曼告诉他：“喂，杜，达尔文市还有一座你们中国人的庙，叫作列圣宫。要不要看看去？”

杜飞说："我对庙不感兴趣。我只对拍你们抓鳄鱼感兴趣。"

瑞德曼竖起了大拇指："听说你去年夏天帮助警察抓住了一个杀人犯，那也算是一只白化鳄鱼，对不对？"

杰夫·戴特也笑了，他感到很燥热。"达尔文只有两个季节：十一月到第二年四月是夏天，五月到十月是冬天。夏天多雨，冬天干燥。我们不用穿夹克衫了。"

他们要了啤酒，吃着龙虾。这里的人很喜欢喝啤酒，据说啤酒的人均消费量仅次于德国慕尼黑，排世界第二。

"这里是很舒服，热带气候。不像墨尔本，总是很阴湿寒凉，容易得关节炎。"杜飞说。

瑞德曼拿出来几张照片："有人拍了那条鳄鱼，这是它的长相，你们俩看看。"

杜飞看到，照片上一条巨大的白色鳄鱼，简直像是一种传说中的动物那样，在浑浊的水面上若隐若现，等待着和他们厮杀。

近两年，只要是在墨尔本街头随便走动，杜飞就能感觉这座城市与十年前他刚来的时候已经有很多不同了。

从菲林德火车站出来，对面就是那个有点像西班牙毕尔巴鄂美术馆似的艺术活动中心。他眼前的史旺斯敦街和菲林德街的交叉路口，有两座很有名的建筑，一座就是菲林德火车站，这是家住郊区的墨尔本人来到城区的中心火车站，建造于二十世纪初，虽然很有名，但车站并不高大，青铜圆顶屋顶，是维多利亚风格的建筑，墙体完全是黄色的石材，颜色非常醒目。车站的大门上面还挂了一个大钟，墨尔本人经常约会的用语，就是“大钟下面见”。

在这座以种族熔炉著称的城市里，如今有更多的非洲人出现了。也许是塞拉利昂内战使得澳大利亚接收了不少难民，一次，在电车上，他遇到两个穿着非常漂亮的非洲民族服装的姑娘——长长的花筒裙和包头巾，筒裙的黑白相间的花纹和格子显得缤纷万象，她们皮肤是黑色的，可是笑起来牙齿却很白，简直美极了。俩姑娘是墨尔本的新风景，他想着，但愿她们在这座城市里不会受到白人种族主义者的歧视，甚至更严重的是，不受到任何伤害。

杜飞前往意大利街上的一家叫作“TOTO”的披萨饼店吃披萨，那个店名竟然和一个卫浴厕所用具品牌名一样。墨尔本意大利街又叫来贡街，以聚集了大量意大利风格的餐厅和咖啡馆而闻名。在墨尔本，海德堡区则是德国移民居住的地方。唐人街，则是华人聚集的地方。日本人住在布莱顿区，韩国人住在卡内基区和图罗加区。

杜飞看到，挨着菲林德火车站就是墨尔本的母亲河雅拉河，河上有一座古老的桥，叫作王子桥，并不宽大，桥上人来车往，十分热闹。火车站北侧马路对面，据说是墨尔本市最贵的地皮，那里有一幢八层高的建筑，一楼是一家有名的餐馆。最早在澳洲获得了上等人地位的华人移民先驱梅光达，据说，就在那个街角开过一家很有名的茶餐厅。他早年在英国受到了完备的英式教育，后来来到了墨尔本，经营茶吧和咖啡馆，他谈吐优雅，很受人喜爱，因此生意兴隆，由此进入到了澳洲人的上流社会。

后来，他被一个小偷刺杀，距今已经一百多年了。

杜飞刚来澳大利亚的第二年，就去过淘金镇。如今，那是一个很受游客欢迎的地方，距离墨尔本不很远，是讲述淘金者来到澳大利亚的美妙故事的绝佳场所。尤其是，那里有十九世纪的华工淘金者最早来到澳洲的情况。那次去淘金镇，在导游的带领下，他下到一个金矿的矿井里看了看。参观矿井是当地的保留节目，虽然是专门为游客保存下来的，但是现在仍旧在生产。杜飞看见一个巨大的水车，仍旧在转动，把矿下的水抽上来。

他沿着一个平行的坑道往里面走。坑道里的风是凉的，光线暗淡，导游给每个人发了手电，很快，他们来到了垂直升降机跟前。导游告诉他，当年的矿工就是乘坐升降机下降到深井里去挖金子的。他们继续往里走，越来越黑暗了，微弱的灯光在飘摇，他觉得氧气不够，有些头晕脑涨的，什么都看不清楚。最后，他们来到了一个坑道的拐弯处，这里有一个小小的放映室，导游关掉了灯光，然后给放了一段立体影像。

这个影像片有中文解说，是专门给来参观游览的中国人准备的，可见中国游客一定很多。坑道里暗了下来，影像片是在石头墙壁上放映的，非常清晰，讲述一个华人在老年的时候，回忆他来到澳洲的经历：作为一个华人青年，他是如何来到了澳洲，如何在这里奋斗，在这里挖到了金子，又如何被白人地痞流氓欺负，亲人死的死，伤的伤。他终于挖到了金子，然后衣锦还乡，儿孙满堂，过上了幸福的生活。

影像片只有十分钟，但那一刻杜飞觉得似乎很漫长。他透过时间的帷幕，看到了一个华人青年，向往财富，来到澳洲打拼的辛酸经历。在坑道里，这样的环境看这样的影像片，给他一种身临其境的独特感受。

从坑道里出来，往前走，不远处是当年华工在这里淘金的生活情景展览。杜飞看到了熟悉的华人塑像和装扮，很小的房间里有各种用具，此外，还有一尊关帝的塑像被供奉在一个龛里。这是老华人淘金者用自己的生命写就的澳大利亚的第一章。

早在一八四二年，从欧洲大陆来到澳洲的一批白人移民，在墨尔本地区发现了金矿，由此掀起了持续多年的澳洲淘金热。这个消息很快传到了欧洲和亚洲，于是，那些渴望发财致富的人争先恐后来到了新大陆。几年之后的一八四五年，就开始有广东沿海一带的华人坐船奔赴澳大利亚，怀着和那些先期抵达澳洲的欧洲白人移民一样的渴求黄金和财富的梦想，开始了他们艰辛的淘金生涯。这些淘金者人数最多的时候，多达好几万。后来，他们中间的一些人淘到了金子，衣锦还乡了，还有一些人因为疾病、迫害和被谋杀，永远不能回到故乡了。

就从那时起，澳洲成为新的希望之地。此后，来自中国大陆、香港、台湾地区和东南亚各国的华人移民在不同的年代，如二十世纪初、三十年代、五十年代、七十年代和八、九十年代，以及二十一世纪这些年，通过各种途径络绎不绝地来到了澳洲，在这里开创自己的事业，建立起新生活。

杜飞在7-11便利店里买了一张电子车票卡，花了十块钱，他还发现，这些年在墨尔本，印度人基本上把7-11这样的便利店给包了。他还发现，出租车司机大部分也都是印度人，其中还有锡克教徒，脑袋上包着一个厚厚的头巾，就像顶着一个鸟巢。在澳大利亚，印度人的声誉和地位比华人低一点，但是印度人很团结，如果他们的人在澳大利亚被打、被杀，女人被强奸或者被欺负了，那么，他们会立即把电话打到印度国内的电台、电视台或者报纸媒体那里，于是，马蜂窝就被捅了开来，一时间，印度全国的各类媒体大力地、群情激昂地报道，引发了印度人对澳大利亚的抗议。

杜飞记得，大前年有个印度人在意大利街一家酒吧里斗殴，被白人杀死，结果，印度国内立即爆发了大规模的针对澳大利亚的抗议，澳大利亚总理府也被印度移民围得水泄不通。第二年来澳大利亚留学的印度人，一下子减少了百分之四十，澳大利亚政府总理也专门到印度去做工作，缓解两国关系。

而华人移民在澳大利亚受到白人和其他族裔的欺负时，往往选择忍气吞声，即使是受害者，也不愿意接受媒体采访报道。杜飞记得很清楚，二〇一一年，一位来自武汉的大学生在悉尼的火车上被几个白人打死了，那几个白人青年没有别的原因，他们就是憎恨亚洲人，憎恨亚洲人来到了“他们的”澳大利亚，就打死了这个华人大学生。结果，这个事情在报纸上也不过是发了一条消息而已。至于那几个白人暴徒，杜飞一直关注着法院的判决，知道他们被关了几年之后，很快被保释出狱了。

最近一些年，因为接收非洲难民，在墨尔本市，黑人也多了起来，也有他们的聚集区。每年来到澳大利亚的几万个移民，三分之一都选择住在墨尔本。但是，澳洲白人感到了紧张——移民的犯罪率在快速上升。新南威尔士州警察局也由于种族歧视，成为近日媒体关注的焦点。原因是在纽卡斯尔市的一家快餐店打工的三名印度移民，被一群白人司机殴打成重伤住了院。据目击者说，当时有五名白人卡车司机在吃午饭。他们先是大声讨论印度人和巴基斯坦人的区别，接着开始数落印度人如何不讲卫生，印度男人喜欢强奸，等等。

三名印度服务员实在听不下去，亮出印度裔身份，上前要求这几个人道歉，几名白人挥拳就打，还打电话找来了在隔壁饭馆吃饭的几个同伴，在二十分钟的时间里，他们砸坏了店内所有的桌椅、餐具，抢走了冷柜内的酒水饮料，将三名印度裔店员打倒在地，才扬长而去。一个多小时后，警察才赶到，却以证据不足等理由拒绝立案。于是，印度人在国内和澳大利亚都掀起了抗议的热潮。他们再度沸腾了。

杰夫·戴特带着瑞德曼和杜飞，登上了一艘电动螺旋桨铁船，这艘突突突响着的破船还能对鳄鱼产生威胁？杜飞不太相信。油漆掉落，船身破旧，就这么航行在阿德莱德河的河道上。在杜飞的数码摄像机里，河水浑浊，呈红黄色，看不清水下有什么。

“鳄鱼喜欢吃什么？”站在船头的杜飞问杰夫·戴特。

杰夫·戴特正在瞭望着河汊纵横的开阔地带，瑞德曼在船舱里驾驶机船，透过玻璃窗，可以看见他的嘴里嚼着什么，像是在说话，可你又听不见他在说什么。

“鳄鱼是肉食动物，它吃水里的鱼虾，还吃水鸟和乌龟。它还吃野兔、鹿、角马和山羊。”杰夫·戴特笑着说，“不过，我们这次的诱饵不是你我，主要是鱼。一条很大的鱼的一半。你看，那边有鳄鱼！”

杜飞放下摄像机，顺着杰夫·戴特所指的方向看过去，远远的一片河滩上，正趴着几条灰绿色的鳄鱼。

杰夫·戴特叫瑞德曼把船开过去。等到距离那几条鳄鱼很近的时候，大部分鳄鱼开始动弹了，它们左右摆动着身体，赶紧爬进了河里，不见了。有一条鳄鱼还趴在河滩上，仰起了脑袋，示威似的看着他们靠近。

杰夫·戴特仔细观察，说：“不是我们要找的那条白化鳄鱼。这条是黑绿色的。那条吃人的鳄鱼，要比这条大多了，大一倍。”

机船距离那条大鳄鱼很近了，能看到它的大嘴里交错的牙齿。杜飞倒吸了一口冷气。那么大的鳄鱼，还不把这艘船顶翻了？

前面的河道变窄了，出现了小河汊。杰夫·戴特指挥瑞德曼往右开，进入到一条小河里。这边的水生植物十分茂密，芦苇非常粗壮，并不高，也比较疏朗，芦苇变胖了。水鸟被船惊动，从河边灌木丛和水草间纷纷飞起来，鸣叫声急促而愤怒。这里是它们的地盘。

杜飞忽然看见一条带着环形花纹的水蛇，在水面上摆动身体游走了。

杰夫·戴特瞅准了地方，在这里放下了钓饵——一块十多公斤的大海鱼的前半身，带着个大脑袋。他取出来的时候，杜飞不认识这是什么鱼，但这鱼已经有点臭了，是瑞德曼在市场上买来的。

“鳄鱼的鼻子很灵，它肯定能闻到。” 杰夫·戴特大声喊，叫瑞德曼把船开慢点。杜飞和杰夫·戴特抬着已经挂了大大小小很多十分复杂的鱼钩的钓饵，将那块前半个身子的糟糠臭鱼，扔到了河道里。扑通一声，钓饵鱼在河里翻了一个身儿，不见了。腥臭味儿弥漫开来。

“会上钩吗？”杜飞的问题可真是多。

“你要是有耐心，那条白化鳄鱼就会上钩。它吃人吃上瘾了，你来了，它一定会来找你的。不信，走着瞧。这家伙现在疯了。”

“它吃掉的两个人，都是什么人？”杜飞问杰夫·戴特。

“当地人。一个男人，一个女人，都是白人。它不吃亚洲人，尤其是你们中国人。中国人的肉可能比较酸。”杰夫·戴特哈哈大笑了起来。

从电视画面上看，尸体的面部尽管打了马赛克，但状况还是非常惨。这是一具亚洲裔女尸，是在墨尔本市郊一处流速很慢的小河里发现的，距离市区一百五十公里。那里人烟稀少，道路连接了不少小型农场和郊外别墅，十分隐蔽，适合抛尸。凶手用刀子划破了她的脸，剜掉了眼睛，把她捆得结结实实的，装在黑色垃圾塑料袋里。电视解说员说，发现的时候，尸体已经开始腐烂了。

警察判定，发现的就是一周前失踪的中国女孩何仪婷的尸体。她从浙江来墨尔本才几个月。出事那天，她从墨尔本市区菲林德火车站上了火车，她有亲戚在墨尔本市郊住，她和他们住在一起。本来应该在某一站下车的，但是等着接她的亲戚却没有看见她下来。等了一个晚上，也没有见她回来，就报警了。

发现尸体后，警察进行了初步调查。有目击者称，这个中国姑娘平时的穿着打扮很性感，喜欢穿黑色超短裙，常常露出红色蕾丝花边内裤的边缘，暗示她的举止不雅、身份可疑。还有人声称，在火车上看到有几个白人青年和她发生了激烈争执，后来，她就跟着他们提前下车了，似乎互相认识。也不知道他们是什么关系，也不知道火车上的争吵是怎么回事。警察在她提前下车的火车站进行了调查，那天傍晚，没有人看见她的行踪。

澳大利亚的媒体和几家华人报纸和网站跟踪报道了

这件事，但很快，跟警方的调查停滞不前一样，媒体也就不怎么关注了。华人女孩何仪婷的死，悄无声息是肯定的，和印度女人在澳大利亚被伤害所造成的影响大相径庭。尸体被发现之后，又热闹了一阵子，死者的亲戚督促澳洲警方抓紧破案，这事逐渐淡下来了。

杜飞为报纸上何仪婷微笑着的生前照片而刺痛，深受刺激。他见过她，她曾在一个月之前来到他的旧车行，询问过旧车的价格，看来是想买一辆旧车。她笑得很甜美，个子不高，戴着粉色墨镜，喜欢穿黑色衣裙，走路也很袅娜。这么一个二十岁出头的中国姑娘，带着灿烂的笑和对美好生活的向往，来到了澳大利亚，却在几个月之后梦断墨尔本，惨死于凶手之手，还有着不白之冤和不明之情！有澳洲的英文报纸暗示何仪婷从事非法卖淫活动，可能是在性交易过程中，被杀害的。这是将她从道德上抹黑，泼上脏水。

杜飞愤愤不平。他联想起来，印度人对澳洲某个白人强奸了一个印度女孩的举国愤怒。你为什么不愤怒？他问自己。我没法愤怒，因为凶手都还没有抓到。那凶手能被抓到吗？澳大利亚警方一向是行动迟缓，效率低下，很难说。

那你就自己去调查吧，杜飞，你自己去调查吧！一定要抓住凶手！既然警察懈怠甚至是无能，那我就自己干。

杜飞是一个很倔强的人。他忽然有了这个想法。于是，在尸体被发现的第二天，就前往发现她的地方察看。他本能地觉得，他会对此有所发现。他想到的是，在何仪婷出事那天，墨尔本下了一场小雨。凶手劫持和杀害她，应该就在当天，后来，警方发布的信息里也证明了死亡时间。这些都是杜飞很注意的细节。在下雨天作案，痕迹既会很少，比如雨水会冲刷和干扰痕迹的保留，也会加重信息留存下来的痕迹。比如，雨中会留下清晰的车辙印和其他痕迹。

他开车一百多公里，摸到了发现何仪婷尸体的地方。在那条长满了青草的河边，还有一股淡淡的尸臭味儿。一些硕大的澳洲苍蝇在嗡嗡嘤嘤。这里的确比较僻静，从大道上拐下来，要拐几个弯才能到达，抛尸很方便，无论是来还是逃跑都很便利。看来，杀人罪犯很熟悉这里的地形地貌。至少他可能来过这里。

杜飞细心地在河边寻找着他认为自己能找到的东西，他果然找到了。在距离现场五十米的地方，道路边的泥地里，有一道很清晰的汽车右轮胎的车辙印。他仔细查看，拍照，测量，塑型。

他站起来，从这道车辙的地方望向五十米外的拐弯处的河道岔口，觉得自己找到了很重要的线索。

为什么这么肯定？因为杜飞是一家旧车行的中介商，他能从那道车辙的痕迹，去追踪杀害何仪婷并抛尸的凶手的车子。不管他们是谁，有几个人，是白人还是有色人种，这一次，杜飞一定要抓住他，谁让他们杀的是中国人。

从抛尸现场取到了车辙印子的注泥塑型，杜飞回到了他的二手车行。他仔细地核对着最近一些天买卖二手车的记录。在杜飞的印象里，就在出事前三天，有一个白人小伙子，脸色苍白，一看就是经常吸食大麻的家伙，来买过一辆二手的越野车。黑色的越野车，已经开了六年，车况仍旧很好，这辆车的车胎却是车主去年才换的新轮胎。

啊，杜飞查到了，在墨尔本市郊居住，他叫弗兰克·奥布莱恩，就是这个家伙。车主还有家庭住址，他二十八岁，住在小惠灵顿镇。杜飞买卖二手车的车行里，这些信息都有保留。

他打算去亲自会一会那个家伙。隔了一天，他戴上一顶红色的棒球帽——他的老婆龚蓉说，只要他戴上红色棒球帽，好运就来到。那就戴上红色棒球帽，他开车直接去了小惠灵顿镇。那个小镇距离市区有几十公里远，有几百户人家。每户都是那种木头顶棚的别墅。一座很安静的小镇。

杜飞中午到了那里，一些喜鹊在枝头跳跃，空气很清新。杜飞按照地址，找到了弗兰克·奥布莱恩的家。他下了车，停好，走向几十米开外的那幢房子，然后摁响了门铃。

门开了，出来了一个花白头发，面容很慈祥的老太太："您找谁？"

"我找弗兰克·奥布莱恩，我是一家旧车行的经理。他在我那里买了一辆车。我想问问车的事情。"

"哦，他去了镇上的戒酒中心，在那里参加活动呢。”老太太给了他一个地址。显然，她是弗兰克的老祖母，起码年龄看上去像。

按照地址，他开车来到了几公里外的戒酒中心。说到澳大利亚的戒酒中心，杜飞就感到很可笑。这类地方一般是给酒鬼准备的社区服务机构，带些辅助的心理治疗。他曾经在这样的中心做过几次义工。酒鬼大部分是男人，只有个别女人。澳洲男人喝酒也很凶猛，所以，酒鬼一点都不少。在戒酒中心，这些酒鬼通常是十几个人围坐成一圈，然后每个人讲讲自己酗酒的经历和打算戒酒的决心。他曾听到一个家伙在戒酒中心开口说：“我已经有五天没有喝一口酒了。”然后，大家都为他热烈鼓掌。接着，他又说，“我以我祖母的生命起誓：我绝对不再喝酒了，我再酗酒，她就会立即死掉。”

其他人不干了：“那你到底是爱你祖母，还是恨你祖母啊？你是盼着她死呢还是盼着她活？”

这家伙就支支吾吾，说不上来了。于是大家一阵哄堂大笑。这完全是酒鬼的一派胡言。

杜飞当时也笑了。酒鬼很难戒酒的，无非是少喝一点罢了。

远远地看去，这个戒酒中心很小，辅助建筑上还有很多为儿童、女性提供帮助的项目标牌。他一眼就看见了他出售出去的那辆黑色的二手车，是他卖给弗兰克·奥布莱恩的那辆车。车子就停在马路对面。但弗兰克·奥布莱恩还在戒酒中心里呢。

杜飞站在那里等了半个小时，戒酒中心里的人散了，酒鬼都出来了，看着个个都很正常，起码白天走路不摇晃。杜飞稍微有点紧张。这是很关键的时刻——他就要和那家伙面对面了。他要看那家伙的第一反应。他已经认出来，弗兰克·奥布莱恩，长头发、高个子，正在向那辆黑色越野车走过去。

杜飞朝他大喊："弗兰克·奥布莱恩！"

弗兰克·奥布莱恩转过身来。杜飞迎面走过去，说："我认出你来了。我是卖给你这辆车的旧车行的杜先生，你记得吧？"

弗兰克·奥布莱恩很警觉地问："什么事？"

"这辆车的前车主叮嘱说，轮胎内胆和刹车系统有点老问题，让我再回访一下。可以请你把车子开回车行，让我们好好检修一下吗？这也是对你负责任。"

弗兰克·奥布莱恩狐疑地看着他，有那么三四秒，两个人的目光是完全对着的。杜飞死死地盯着他看，毫不懈怠，他一定要盯住对方的眼睛，直到他的灵魂现出原形。杜飞感觉到，弗兰克·奥布莱恩的眼神在闪烁、躲避，他狡诈、蛮横、凶残，但这样的眼神也会畏缩，也会躲闪，最终是打滑。

杜飞确定了，这家伙很有问题！

“不用了，这车我开得很好。我很满意，不要再费周折了，再说，我自己也会检修。谢谢你。再见。”弗兰克·奥布莱恩冲他笑了一下，转身走向那辆汽车，开门坐进去，发动车子，立即加速远去了。

杜飞看着扬长而去的那辆黑色的车子，走了几步，蹲下来，仔细地看路边的轮胎痕迹。干燥的天气里，那里的车胎痕迹很轻淡。

机船慢慢地，突突地在河道上缓行。水草茂密，不光适合鳄鱼隐藏，就是坏人藏在这里，也很难被发现。达尔文市果然名不虚传，的确有着不少史前时代的原始风景。只要是往任何一条河流深处走，就有水潭和沼泽地带铺展开来。在这迷宫一样的地方抓捕一条白化的凶残鳄鱼，实在是不容易的。但杰夫·戴特对鳄鱼的习性非常了解，达尔文市政府请他来抓捕那条吃人的鳄鱼，实在是找对人了。他又找来杜飞拍摄这一过程，真是又找对人了。

“那家伙吃了一个男人，一个女人。男人是达尔文市郊的居民，一个星期天，他在河道边钓鱼，不小心就被这条悄悄靠近的白化鳄鱼给拖到水里吃掉了。他的同伴目睹了整个过程，但毫无办法。一周之后，在河道尽头的自然公园里，有一个从悉尼来的女游客，划船去河上拍照，被这条白化鳄鱼顶翻了小船，然后把落水的女人照样拖进水里，吃掉了。从此，这条吃人的白化鳄鱼名声大噪，臭名昭著了，然后，大家都防备起来了，他们接着就去找来了我。”

杰夫·戴特告诉杜飞：“当地人已经给这条罕见的成年白化鳄鱼取名为怀特·佩尔，意思是‘白珍珠’，这家伙白化了，是由于体内的黑色素含量较低的原因，它的肤色变化是因为孵化环境。在孵化过程中，如果鳄鱼巢里的鳄鱼蛋过热，就会导致细胞分裂错误，引起突变。”

世界上现存的大型鳄鱼平均体长四米以上，重达三百公斤。鳄鱼全靠它那长长的、强而有力的颚来猎获猎物，嘴里都是锥形齿，短腿，行动一般很迟缓，却能快速发动袭击。它的皮很厚，带有鳞甲。

鳄鱼是卵生，鳄鱼的卵是利用太阳的热量和杂草发酵的热量，进行孵化。母鳄鱼会把鳄鱼巢建在向阳坡上的草丛中或者低凹处的遮蔽地带，一次会产蛋几十枚。成年鳄鱼一般在水下活动，只有眼和鼻子露出水面。它们的眼睛和鼻子十分灵敏，受惊后，就立即下沉。

“钓饵动了！”杜飞一边拍摄，一边大声喊道，一下子打断了自己的回想。他在船尾一直密切观察钓鱼线的动静。

“快拉鱼线！快拉鱼线！”瑞德曼也在驾驶舱里大喊，把杜飞的思绪拉回到了眼前，拉回到了阿德莱德河的支流上，拉回到了这个夏天抓鳄鱼的场景，而不是去年。水下一定有个重物，也许就是那条鳄鱼。现在，杜飞在船尾大喊上钩了，他们的确看见鱼线在激烈摇晃。

杰夫·戴特赶紧控制住坚韧的鱼线，摇动手柄收线。鱼竿立即弯曲了，可见钓到的东西很大。

杜飞放下小型摄像机，拿来了一面小型渔网，还有胶带和绳索，那是专门用来抓捕鳄鱼用的。他看到了钓饵鱼在激烈地活动，就像活了一样，似乎有一条鳄鱼已经紧紧地咬住了钓饵，它上钩了！

杜飞兴奋了起来，他帮助杰夫·戴特拉鱼线。他们收收放放，机船开得慢了，这样的缠斗要进行好久。杜飞感觉起码和钓获物战斗了二十分钟，一直到那家伙在水里彻底疲惫了，然后机船停下来，他们继续收线。

杜飞紧张极了。他的镜头对准了河面。鳄鱼是吃人的东西，这家伙要是露出水面，那一刻是非常紧张的。

杰夫·戴特很有经验。“不对劲儿。”他说。

“什么不对劲儿？”

“我感觉不是鳄鱼。”

“那会是什么？”

“会是别的大家伙。比如大鲇鱼。”

杰夫·戴特继续收线，杜飞准备好了渔网、胶带和绳索都没有用上。机船靠近了河岸，瑞德曼走出来，也打算帮忙，可鱼线太沉了，他们使劲地拉，拉，拉，最后，水下一片银白色和灰黑色交替的颜色浮现出来，水面出现了一条大鱼！

是的，一条大鱼上钩了！足足有一百斤的样子。“是一条大鲇鱼！” 杰夫·戴特喊。杜飞看过去，的确是一条超过了五十公斤重的大鲇鱼。它长着金色的长长的胡须，鲇鱼的大嘴离开了水，一张一合的，眼睛很大很傻很天真，那意思是：你们把我钓上来干什么？

杰夫·戴特跳下了水，水深齐腰，他一把就把这条猎获的大鲇鱼抱了起来，很重。但依靠水的浮力，他完全可以举起这条大鲇鱼。杜飞用摄像机记录下这一也算辉煌的时刻。

他们后来把这条鲇鱼放到岸上的一块塑料布上，进行了测量和称重。这家伙重达四十六公斤，体长一百五十六厘米。然后，他们把这条大鲇鱼重新放归了河里。在澳大利亚，钓鱼不过是一个游戏，钓到的鱼都要放生的。除非你馋到家了，才会把活的鱼拿回家亲自杀死。杜飞知道这个规则。

“这么大的鲇鱼，在这一片也很少见。” 杰夫·戴特说。

“可我们没有抓到鳄鱼。要是它是鳄鱼就好了。”杜飞这句话说出来，就立即感到了后悔，在这时候说这个话，简直是不合时宜。

杰夫·戴特的脸色沉了一下。“看来得换一种钓饵。你说说，鳄鱼最喜欢吃什么？”

杜飞说：“你告诉过我，鳄鱼是肉食动物，它吃水里的鱼虾，还吃水鸟和乌龟。它还吃野兔、鹿、角马和山羊——有蹄类动物在水边喝水的时候，会遭到鳄鱼的袭击，然后鳄鱼就吃了它们。”

杰夫·戴特得意扬扬地说：“你有一样没有说，那就是，鸡。我们下回拿鸡肉当作钓饵，像你们中国人说的那样，守株待兔——等待兔子来上钩，用这个办法抓鳄鱼！”

杜飞笑了。

杜飞这天出门的时候，天气很好，晨风非常清爽。不过，云彩不断地遮住太阳，在大地上布置下短暂的阴影，让人想起生活中的不如意。这是他从郊区开往墨尔本市他入股的那家旧车行的路上看到的风景。

他这天起得很早，要赶去旧车行。在转了几个弯之后，他从后视镜里发现，有人在跟踪他。那是一辆黑色的别克越野车，跟在他的旧宝马车后面。自从前几天在戒酒中心外见到了弗兰克·奥布莱恩，杜飞就提高了防备。他面对的，可是杀人的人啊！

杜飞有个好习惯，出门前，他会仔细检查车里的行车记录仪，他的第六感告诉他，弗兰克·奥布莱恩那家伙会来找他的。从他的名字看，弗兰克·奥布莱恩像是一个爱尔兰裔的家伙。而爱尔兰人强悍好斗，喜欢搞团团伙伙，在美国和英国都很让人害怕。

他再转过一个弯，猛地刹车，把车停在路边，距离他所在的旧车行只有一百多米远。那辆跟在他后面的车子也停下来，在五十米之外不动了。

他通过后视镜观察，那辆黑色别克越野车外表很脏，好久，才从车上下来了两个人。都戴着墨镜，走了过来。他决定不摇下车窗。

那两个人走到了他的车窗外，敲了敲玻璃：“嗨，问个路。”

杜飞看着那人戴着绿豆色的反光墨镜，没有摇下车窗，在车内摇了摇头，大声说：“不要问我，去问警察！”

跟在后面那个穿着夹克衫的家伙忽然从口袋里掏出一个瓶子，向杜飞的汽车引擎盖上倒了些液体。浓重的汽油味儿弥漫进了驾驶室，那家伙紧接着就打着了打火机，将打火机扔到了引擎盖子上，嘭的一声响，微暗的红色火苗就燃烧起来了。

杜飞一看，这两个家伙是有备而来，他右手打开车门，猛地一推，门口那个墨镜男一个趔趄，跌倒在地，爬起来跟在折身跑开的花夹克男后面就跑。

杜飞的左手多了一柄不到一米长的铁棍。这是他早就准备好的，他向他们追过去。穿花夹克衫的家伙停下来，右手里拿着一把匕首，杜飞这时非常勇敢，他大声喊着：“快来帮我！”他希望自己旧车行里的人能听见，然后，挥舞着手里的铁棍，空气中是铁棍的破空之声。看了那么多李小龙的电影，架势很吓人。

那花衬衫的墨镜男很精瘦，也很敏捷，用手里的匕首向杜飞挥舞了几下，冲刺过来，手里的刀子划过杜飞的手臂，衣服割破了，一瞬间非常疼。但杜飞的铁棍也狠狠地打在他的肩膀上，他哎呀一声，接着逃跑了。

店里的三个人，听到，也看到了这一幕，从那有着透明的大玻璃窗的旧车行里冲出来，沿着马路喊着跑来了，手里拿着灭火器和别的家伙。大个子约翰、雷恩和瘦子小马哥三个人，都跑过来了。

两个袭击者向自己的车跑去，他们逃跑起来也是一阵风，一下子就钻进了自己的车子，掉转方向，猛踩油门，就跑远不见了。

大个子约翰、雷恩和瘦子小马哥三个人气喘吁吁地跑到了他的跟前，用灭火器扑灭了燃烧着的前机器盖上的火焰。火熄灭了。浓烟散去，他察看自己受伤的胳膊，有一道浅浅的刀痕划过了他的胳膊，血痕很淡，小风一吹，很疼。

小马哥问他："那两个家伙是什么人？"他狐疑地看着杜飞，觉得杜飞惹了不该惹的人，"是澳洲的黑社会？你欠了赌债了？我记得你从不去雅拉河边的那个大赌场，对吧？"

杜飞笑了笑，他想起来在雅拉河边那家很有名的墨尔本赌场，每天上演的赌场故事。有一天，一个马来西亚女人中了大奖，直升机带着她在墨尔本上空观摩，可直升机却离奇地失控，最后跌落到了雅拉河里，爆炸了。女人和驾驶员都死了。真是乐极生悲。

“我是中彩了，”杜飞说，“接下来，可能会更精彩呢……”

杜飞醒了。原来，这是他做了一个梦。光天化日之下，按说在澳大利亚是没有人敢于明目张胆地袭击他，还烧毁他的车的。但他觉得奇怪，这个梦做得这么逼真，中国人说，日有所思，夜有所梦，这是一定的。

他和妻子吃了早饭，去车行上班。

等到他的车子开出去没有多远，他从后视镜里真的看到了一辆车在跟踪他，就和梦中的场景一样。不过，那是一辆白色的别克越野车。他有意地多绕了几个弯。那辆车始终跟着他的车，来到了他工作的车行附近。旧车行在威斯汀路上那个大购物中心边。不过，等到他到达工作单位，那辆白色的越野车消失了。

他走进自己的工作间，从大玻璃窗向外观察，没有什么动静。

快到中午的时候，忽然，他听到了咣当一声响，赶紧去察看。是一块从别处飞来的石头，打碎了车行的一扇玻璃窗，他冲出去，看到了街角那边，有两个年轻人上了那辆曾跟踪过他的白色别克车，一溜烟儿不见了。

他从地上捡起一块石头，正是这块石头砸碎了车行的窗户玻璃。仔细察看，石头上还用橡皮筋绑着一张纸条，有一行英文字：

“黄狗，小心点！”

店里的大个子约翰、杰克和瘦子小马哥走过来，看着他拿着这块石头，问他：“你惹了什么人了？欠了墨尔本黑帮的赌债了？”

杜飞就像他在梦里回答的那样：“我中彩了，接下来，可能会更精彩呢。先报案吧，我要知道刚才那辆白色的越野车的车主是谁。路口的监控录像，应该能够调取。”

下雨了，雨滴细密地在河面上撒开来，像中国炒豆一样落在水面上。杰夫·戴特和杜飞穿着雨衣坐在船尾，机船缓慢地穿越这条河。今天，他们要诱捕那条大

或者山羊的喉咙，然后奋力转着圈翻滚，转啊转，不停地转，直到猎物彻底窒息而死，再慢慢地把猎物拖到一边，去撕咬和吃掉它。现在的一只鸡不至于让它来个死亡翻滚，但杜飞感觉到，这道开胃菜让它感到了兴奋，它咬得很紧，东西到了嘴里，想让它吐出来都不可能。水面很浑浊，看不见水下的鳄鱼。

猛力的拉扯之间，杰夫·戴特没有掌握好平衡，雨水使得船舱很滑，他一下子掉到了河里，这一刻十分危险。也许，那条鳄鱼就等待着这一刻，然后把杰夫·戴特变成它的囊中物。杜飞也差点被拖下水去，手里的摄像机掉在船上了。水下的那家伙的劲儿大极了。

“就是它！就是它！” 杰夫·戴特在河水里大喊。他紧紧地拉住鱼线，瑞德曼全神贯注把船稳住，他跑出驾驶舱，举起一支鱼枪，沿着绷紧并深入水下的鱼线方向，射出了一支带着小鱼叉的绳镖。那是一种古老的射枪，为了抓住这条鳄鱼，杰夫·戴特和瑞德曼准备了各种武器。当然还有别的武器，能够击杀鳄鱼的威力巨大的霰弹枪。

显然，瑞德曼射出的这支绳镖击中了水下的鳄鱼。

浑浊的浪在翻滚着，水下一定有着激烈的翻腾，大量的水泡冒出来了。杰夫·戴特敏捷地爬上船，杜飞拉了他一把，瑞德曼继续开船，把船向岸边靠去。

假如这次钓到了白化鳄鱼，就会和它斗争很久，这一过程很漫长，是个较劲的过程，也是体现意志的时候。一直到鳄鱼疲倦得不能动了，它才会浮出来认输。这时就能收鱼线，慢慢把疲惫的鳄鱼拉近船舷，此时要一个人勇敢地跳进水里，用准备好的绳索弄一个套套住鳄鱼的嘴巴——在它张嘴咬你之前，拉紧绳索，把鳄鱼的大嘴巴彻底封住，这样它那最重要的武器就没有用了。然后用防水胶带快速缠绕加固封住鳄鱼的嘴，再用绳索捆住它，用专门的网把它裹到渔网里，鳄鱼就跑不了了。

杜飞来不及摄像，他紧紧拉住钓鱼线，但忽然间他和杰夫·戴特的身体向后一仰，差点跌倒了。再一看，水里的钓鱼线飞起来，断了，那条将钓饵吃到嘴里的鳄鱼扯断了鱼线，跑了。

杜飞抹了抹脸上的雨水，赶紧捡起摄像机，他连那条鳄鱼的影子都没有看见。

一屁股蹲儿坐在渔船上的杰夫·戴特沮丧地说：

“就是它，就是那个白家伙，这次它又胜利了，它吃掉了诱饵，还成功逃脱了。”

杜飞站起来，看到河面上一层层的浊浪掀了起来。是海水在倒灌进这条河。

看着那条警告他的纸条，杜飞认为，砸碎了旧车店窗户玻璃的大石头，就是弗兰克·奥布莱恩冲着他来的警告，告诉他要少管闲事。

他觉得弗兰克·奥布莱恩那家伙更加可疑了。如果他不是杀人凶手，怎么会来警告他？可能他们觉得，他这个亚裔华人能被吓唬住。在这片土地上，外来的白人曾很凶悍地杀光了大部分澳洲土著人，还把流行性病菌带给他们。棕色皮肤的，兜着一块兜裆布把生殖器遮住、手里拿着梭镖、投枪，胸前的胸饰是野猪牙、豪猪刺或者贝壳、牛角之类的装饰物的澳洲土著，从此就只能在保留地生活了。

杜飞记得，他第一次去悉尼看望一个大陆来的朋友，在那个朋友开的超市里就见到了一幕奇异的景象：一个澳洲土著小伙子，进来拿了几罐饮料，也不付钱就走了。杜飞惊呆了，以为是碰到了小偷或者是强盗。

但那个朋友告诉他：“那个土著就是拿点饮料。他们是真正的本地人，我们都是外来人，白人把他们杀得只剩下了这么点人，所以，现在对待土著都是很宽容的，拿点东西，也算是对人家的补偿——开商店的都知道这规矩，拿点就拿点吧。你占领的是人家千百年来就在此繁衍生息的土地，你还有什么话说？”

可现在的澳洲华人，不再是当年来这里淘金要口饭吃的老华工了。那淘金地道里的三维影像动画里的百年以前的华人淘金者的悲惨生活，深深地印在杜飞的脑海里。那个美丽清纯的温州姑娘何仪婷死得太惨了。爸爸妈妈养她到这么大，费了多少心血？她自己又是怀揣着多么大的希望来到了墨尔本？结果，在一个夜晚，被澳洲的坏小子欺辱和强奸，然后被残忍杀害，还被抛尸到无人的僻静之地。这仇怨，作为一个华人，决不能随便就这么完了，必须要把罪犯绳之以法。

想到了这些，杜飞变得愤怒了。他叮嘱自己要冷静。看来弗兰克·奥布莱恩他们有个团伙，有好几个人，他面对的都是澳洲的坏小子，他们的祖先过去屠杀澳洲土著的时候下手非常狠。而他们的血液里，就有着这野蛮的基因。他必须要小心。而对警察，他并不是很信任。

关键是取到那辆很可能是弗兰克·奥布莱恩用来杀死并运载何仪婷尸体的车子。现在的刑侦技术很发达，假如那辆汽车是作案工具，弗兰克·奥布莱恩在车上作案杀人，一定还有生物痕迹留存。而提取到何仪婷的DNA等生物痕迹，就是破案的关键。

他想，必须盯紧弗兰克·奥布莱恩。他去暗中盯梢。这是一个早晨。他去过弗兰克·奥布莱恩家。那辆黑色的越野车停在院子里，没有任何动静。他盯了一天，看不到弗兰克·奥布莱恩出来。

他回家后感觉到很疲惫。妻子龚蓉给他包了饺子，吃得很好，晚上睡觉的时候，他睡不着，想来想去，决定去找到弗兰克·奥布莱恩的那辆车，交给警方，再把取得的其他物证也交给警方。

他告诉妻子龚蓉，他要把那辆嫌疑车从弗兰克·奥布莱恩那里偷取回来。

“你这样做是违法的，你可以告诉警察这些情况，让警察去决定怎么做。你不要自己去做。”龚蓉提醒了他。

杜飞尝试了向警察报案，报告得很细致，说了他的所有怀疑。有个警长还上门来到旧车行，调取了点燃他的宝马旧车的录像，拿走了那块砸碎他的车行的石头和那张威胁他的纸条，认真听取了他对这一案件的分析。

警察迟迟没有举动。也没有任何回复。他去找金志成，金董事长也爱莫能助。这让他十分恼火，不能再等待了！他决定自己干。那辆车的钥匙他早就想办法配好了，对于他这个旧车行的经理，这点办法还是有的。

摸到了那家伙的家门口，天黑了，这时没有狗叫。澳大利亚这一点比较好，很多狗都不叫，性情很温和，体格很大的狗，一点都不凶悍。

狗不叫，夜色很白。空气很凉，杜飞让龚蓉开车，距离弗兰克·奥布莱恩的家只有几百米的地方，把他放下来。白天里他看好了。他悄悄地走近弗兰克·奥布莱恩的家，靠近那辆车，把那辆车车门打开，上了车，立即发动着，然后把车子开走了。

龚蓉开车紧跟着他。杜飞把车子一下开到了墨尔本市负责何仪婷案件的警察局的门口，在车里留了一张纸条，把车钥匙也留下了，然后，他用公用电话给警察局打了报警电话。

“涉嫌谋杀何仪婷的嫌犯的车子，现在停在警察局的外面。请你们详细检查这辆车，最好是有生物提取技术的法警介入。”

“好的，您是谁？”

“我是关心这个案子的一个华人。”然后，杜飞挂了电话。

第二天，很多报纸都报道了这个案子的新进展。电视上也有对这件事的报道。警察局发言人说，有匿名人士将这辆车开到了警察局，警察正在对这辆车进行检查，并传唤了车主，但车主突然失踪，目前联系不上。

又过了一天，电视上说，警察已经从这辆车子上提取到了和死者何仪婷案件有关的重要生物线索，等待进一步核实。

“车主失踪了。弗兰克·奥布莱恩那家伙不见了，老公，你要小心一点啊。”龚蓉说。她去上班，出门的时候叮嘱他。

“我估计警察很快就传讯那个家伙了。”杜飞信心满满，“我们可以推测，警察提取到了何仪婷的DNA，能很快发出逮捕令，拘捕那个家伙。”

“这车子可是你偷走的，那家伙不会来找麻烦吧？”

“你想想，他都躲起来了，跑还来不及呢。”杜飞说。

那个夏天的那个夜晚，半夜里，熟睡的他听到了一点奇怪的声响。杜飞的耳朵一向是非常敏感的。

是的，就在屋子外面有很轻的声音在拨弄他家的门。

他家的门是防盗锁，一般人是打不开的。他起身了，手里拿着一根铁棍。那铁棍不长，也就五六十厘米。是他用来防身的，有棱有角。出门的时候装在公文包里不显山不露水的。平时他会挥舞着练几下子，不能手生了。下手要狠，不然你就是坏人的囊中物了。出门在外，全靠自己了。中国有句老话，“害人之心不可有，防人之心不可无”。

他起身躲在门边的柜子后面。里面都是他和龚蓉的鞋子。龚蓉怀孕了，三个月后，他们在澳洲要有自己的宝宝了。但今晚上注定要有大事发生。

屋子里很安静。屋外一定有人。就是那个家伙，要来对付他了。

杜飞刚想到这里，门开了，一个家伙闪身进来了。就是弗兰克·奥布莱恩的身影，他见过他。杜飞立即冲过去，兜头就是一铁棍。咣当一声巨响，那家伙戴着的摩托车头盔被打掉了。看来，对方是有备而来。

一击不中，杜飞稍微有点慌张，那家伙手里有刀，黑暗中月光下寒光一闪，扎过来，刺中了他的胳膊。

他再次冲过去，用手中的铁棍击打入侵者。现在，他断定这个身上狐臭味儿很大的家伙，就是杀害何仪婷的那个家伙。肯定是他，他现在是报复性垂死挣扎，前来杀掉杜飞的。

搏斗中他们手上的东西都掉在地上了，黑暗中两个人扭打在一起。弗兰克·奥布莱恩体格高大，一下子把杜飞扳倒在地，手里多了一条绳索，他狰狞着说："你想让我坐牢，我要杀了你，再去坐牢，黄狗，去死吧！”

杜飞的脖子上多了一条绳索。他这是第一次知道什么是窒息的感觉。他憋了一口气，而对方要勒死他。这一刻短暂又漫长，那家伙肯定练习过柔道摔跤，他很会控制人的身体，将杜飞倒拖在地上，控制住他的身体关节，让他不能动弹，然后用绳子紧紧地勒住他的脖子。

杜飞的眼泪都出来了，他在奋力挣扎。弗兰克·奥布莱恩的劲儿很大，杜飞想，像何仪婷那样一个弱女子，是无论如何都摆脱不了这家伙的侵袭的。他快要完了，感觉到自己要死了，被勒死了。啊啊啊，杜飞的脑海里闪现出卧室里的龚蓉，她还在睡觉呢。

就在这一刻，客厅里的灯亮了。龚蓉拿着一根棒球棍，怀孕的肚子微微凸起，穿着睡衣打开了灯，冲了下来。她是一个棒球好手，她一眼看到了地上躺着两个叠起来的人，而杜飞的眼白已经翻出来了。

她冲过去，用棒球棍一下子击打在弗兰克·奥布莱恩的脑袋上。连续击打他，一下、两下、三下、四下，把那个家伙打得半死。弗兰克·奥布莱恩的手缓慢地松开了。杜飞剧烈地咳嗽着，他挣脱了控制，赶紧滚在了一边。

龚蓉很勇猛，她又朝那家伙的膝盖和手腕等身体关节猛击，使眼前的入侵者，弗兰克·奥布莱恩，一个爱尔兰人的后裔，彻底失去反击能力，然后她和缓过来的杜飞一起把他捆起来。

接下来就是报警，就是警察来到。警察的反应速度很快。入室谋杀现场的出警速度还是很快的。

后来，在警察局里，在人证物证面前，弗兰克·奥布莱恩都认罪了。就是他杀了何仪婷。

那一天，他和另外两个家伙——就是开着白车朝旧车行扔石头的两个人，在通往墨尔本郊区的火车上，骚扰何仪婷。何仪婷骂了他们，弗兰克·奥布莱恩很恼火。火车行驶到半途中，何仪婷为了躲开他们，就先下车了。可那一站碰巧就是那三个家伙打算下车的地方。两个人帮弗兰克·奥布莱恩将她控制住，放在他的车上就走了。是弗兰克一个人把她带回住家附近，强奸并且杀害了何仪婷，然后开车去一百多公里外的地方抛尸。

整个过程就是这样。经过了审讯，一审下来，弗兰克·奥布莱恩被判处三十年监禁。他提起了上诉。二审还在继续进行中。在澳大利亚，没有死刑，那家伙只怕是要在塔斯马尼亚岛上的监狱里待着了。杜飞终于算是为何仪婷的死不瞑目申冤了。

这一天，晴空万里。阿德莱德河的河水上涨了。前些天的雨量增加，让这河水泛滥，很多鱼都在跳跃起来。河里的亚洲鲤鱼也多起来了。

杜飞看过一部纪录片，讲的是美国淡水河水系里，有一种入侵物种叫作亚洲鲤鱼，繁殖得非常快，在机动渔船和游艇驶过的时候，会纷纷跳出河面，直接砸在船甲板上和人身上，能直接把人砸晕了。亚洲鲤鱼蹦蹦跳跳的景象，实在是一个奇观。

这一天，杜飞在河面上看到了这一壮观情景。在他们的船行进当中，很多金光银光闪动的亚洲鲤鱼跳起来，砸在船上。也不知道它们是过于兴奋，还是在激烈抗议机船对它们平静生活的骚扰。或者就是这些亚洲鲤鱼太多了，泛滥成灾了，只要是船经过河面，它们就要跳起来。

忽然，一条飞起来的鱼，一下砸到了站在甲板上瞭望的杰夫·戴特的脸上。杜飞放下了手里的摄像机，立即去抓那条还在甲板上扭动身体、弹跳着的鲤鱼。果然是一条很大的鱼，灰褐色的身体上长着金黄色的鱼鳍，十分肥壮。

杜飞抓起来，又把它扔到了河里。

站在甲板上的杰夫·戴特摸着红红的脸，笑着对杜飞说："你看，这些亚洲鲤鱼入侵到北美和澳洲的河道里，多得不得了，还采取了对我们的自杀式袭击。不过，今天是和鳄鱼决战的时刻。"

"我要拍好今天这一幕。英雄。"杜飞手拿摄像机，冲他竖起了大拇指。

机船缓慢行进，他们来到了那条白化鳄鱼很喜欢出现的一片三角洲地带。这里水域开阔，几条支流交汇，水流带来了丰富的营养物质和浮游生物，鱼虾类都很多，很多鳄鱼就喜欢在这一带出没。

钓饵还是鸡肉。一只肥壮的大公鸡作为钓饵在机船的尾部水下拖行。鸡肉的血腥和香味儿在水下弥漫。鳄鱼一定能够闻到。当然，鳄鱼这家伙很聪明，还能闻到人的味道，杰夫·戴特、瑞德曼和杜飞的味道。再说了，它和他们交过手，他们输了一次，不仅丢掉了钓饵，还差点让杰夫·戴特呛了水，让杜飞的摄像机摔坏。杰夫·戴特耐心地盯着鱼线，船不动了，熄火了，在水流中漂荡。一个小时就这么过去了，然后，鱼线动了，扯紧了。

杰夫·戴特大喊："鳄鱼咬钩了！"

几个人立即紧张了起来，杜飞看到了一条白色的影子在水下浮起来。果然是那条白化巨型鳄鱼，它出现了！它瞪着大眼睛，一下子跃出水面，眼睛盯着船上的几个人。那姿态是在示威，显示它毫不在意眼前的几个人。杜飞的摄像机里，它嘴里咬着那只钓饵鸡，被它轻松地含在牙齿之间，咬紧了，还没有吞到它的肚子里。

它这么浮起来，等了一会儿，就猛地撞向了他们的船。

瑞德曼赶紧回到了机舱，刚发动着机船，那头巨型白化鳄鱼就撞在了船体上，它想一下子把这艘船顶翻，然后对这三个人展开血腥攻击，包括死亡翻滚，然后再大快朵颐，大吃人肉，这样杜飞不过是它的三盘菜的其中一盘。

杜飞一下子跌倒在船上。杰夫·戴特站在船尾，赶忙收着鱼线，手里的转轮急速转圈。可这条白化巨型鳄鱼采取了主动进攻，根本不怕他收线。它不想逃跑，它要主动进攻！这就是这白化鳄鱼的厉害，第一下没有把船顶翻，它转了一个圈，又回来了，再一次猛地撞向了船。

船体的底部咣当一声响，机船向一侧猛烈倾斜，差点翻船了。白化鳄鱼的劲儿真大，杜飞紧张极了，他赶紧拍摄，镜头里这条叫作“白珍珠”的大鳄鱼起码有四米多长。杜飞想象着自己被这条鳄鱼咬住，那种疼痛是多么的难受，就像去年夏夜弗兰克入侵到他家里，差点勒死他的感觉。

那一次是绝处逢生，这一次是针锋相对。

白化鳄鱼的第二次撞击，还是没有把船顶翻。它就从船底游过去，它身上有着从史前时代一路进化而来的坚硬的鳞状角质外皮，坚硬无比，嘎吱吱摩擦着船底，发出了难听的声响。

等它钻过去，杰夫·戴特大声喊：“射鱼枪！杜，给我射鱼枪！”

杜飞赶紧给他拿来带着绳镖的鱼枪，杰夫·戴特瞅准了水下钻出的那团白花花的影子，射出镖线击中了它，铁刺标枪头深深地扎入了它肚腹的薄弱处。

鳄鱼一定很疼，它猛地下潜，将杰夫·戴特差点带到了河里。这一次，他站稳了，没有掉下去。

“下面，我们要好好遛遛这条鳄鱼了。”他大声喊，“瑞德曼，开船！”

瑞德曼开着船，机船在河面上慢慢地走着，那条鳄鱼已经吞下了钓饵，嘴里是坚韧的吊线，它摆脱不了了。时而它冲过来，撞一下轮船，将船撞得左右摇晃，时而船的速度稍快，鱼线拉紧了鳄鱼的嘴巴，将白化鳄鱼紧紧地拽着走。

遛鳄鱼，是为了让鳄鱼筋疲力尽，但这条大鳄鱼可是精力无穷的家伙，很难筋疲力尽。就这么，他们在河上遛了两个多小时，这期间鳄鱼一次次冲撞他们的船，试图把船顶翻，让船上的人落水，然后它再攻击对手。它这一招险些得逞，但最终没有成功。杜飞用摄像机全都拍下来了。

眼看着到了下午了。“收线！” 杰夫·戴特大声喊，机船上的滑轮开始工作了，钓着鳄鱼的粗大鱼线开始收回。

水下的白化鳄鱼终于浮现了，这鳄鱼真大啊！杜飞睁大了眼睛。这是史前时代的巨物，长长的上下颚，咬合力能让钢铁制品都败下阵来。但现在，被遛得有些没脾气了的鳄鱼，浮出了水面。

杰夫·戴特悄悄地给杜飞和瑞德曼说了一些话，像是怕被鳄鱼听见一样。绳索起吊，鳄鱼的嘴巴给吊起来了，这条贪吃的鳄鱼，最终因为自己的欲望而失去自由。杰夫·戴特瞅准了机会，一下子跳进了河里，他很勇敢。白化鳄鱼向他冲过来了，它要撞死他！来个你死我活，鱼死网破！杜飞紧张极了，拍着这一幕。

说时迟，那时快，杰夫·戴特手里的绳套准确地套在了鳄鱼的嘴巴上，拉紧，将它那凶狠的大嘴捆住了。然后，又用绳子捆住它的身体。机船继续起吊，将鳄鱼拉起来，前半个身子出了水。

杜飞掌握机器吊杆，把鳄鱼拉转过来，靠近船舷，迅速用防水胶带在鳄鱼的嘴巴上缠绕，一圈、一圈又一圈，把鳄鱼的大嘴缠紧。在这一刻，这条白化鳄鱼的身体疙里疙瘩，看着就像是从一条白色的魔鬼尸体演化过来的一样。眼睛里绿色的荧光闪闪发亮，它和杜飞对视，它的残忍变得哀怨了，在眼睛里闪现。

杰夫·戴特已经上来了，杜飞有点害怕。白化鳄鱼不甘就擒，它一扭身体，扑通一声从半空掉进了河面。鳄鱼非常恼怒，做出了垂死挣扎，它开始了翻滚——为了摆脱杰夫·戴特刚才在它身上捆的绳子。随着它的翻滚，水面冒出了浑浊的浪花，但它徒劳无益地翻滚了一阵子，依旧无法摆脱捆在身上的绳索和嘴巴上的绳套和胶带。它的四肢十分短小，帮不上忙，几个脚爪的距离都比较远，这就是鳄鱼的生理缺陷了。最后，它疲惫地停下了，浮在水面不动了，任凭吊线把它拖曳着走。

杰夫·戴特转动手柄，再次将鳄鱼吊起来大半个身子，它的长尾巴还在水面之下。杰夫·戴特举起了渔网枪，射出了一面渔网。这面渔网的网眼很细密，兜头就把鳄鱼给包裹住了。

白化鳄鱼完全落网了。它不仅被捆住了身体，封住了嘴巴，它还在一张坚韧的渔网里了。机船开始突突突地在河面上行走。胜利了。收工了。

有那么一刻，杜飞想起他看过的海明威的小说《老人与海》里的老渔夫圣地亚哥返航的一幕：鲨鱼吃光了大马林鱼的鱼肉，他带回来的是一条巨大的鱼骨头。那么现在，在他们的船尾，是被收在网里的那条白化鳄鱼，他们生擒了这个吃了人的大家伙。真棒，杜飞想，真棒！我们终于抓住了这条吃人的白化鳄鱼！

“最后会怎么处置它？”杜飞拿着摄像机，拍摄着杰夫·戴特，问他。杰夫·戴特站在船尾，平静而自豪。风把杰夫·戴特那古铜色的皮肤吹得水珠四溅。他那灰色和金色头发夹杂的长发飘散，十分潇洒。

杰夫·戴特已经五十八岁了。这家伙很是了不起。

“达尔文市议会采纳了死者家属的意见，决定把这条鳄鱼放到公园里单独关起来——毕竟它杀了人，不能自由活动了。等它死了，再做成标本，陈列在鳄鱼博物馆里。因为白化鳄鱼还是很少见的。要是达尔文亲眼看见这家伙，会惊呼发现了一个新物种。说不定还会写出关于物种进化的文章呢。杜飞，谢谢你，你这一次和我们一起抓鳄鱼，过程非常棒。对不对？”

杜飞竖起了大拇指：“难以忘怀。”

“杜飞，等到我们回达尔文市，你接下来要去哪里？”杰夫·戴特问他。

杜飞的眼前顿时浮现出艾尔斯巨岩的画面：“我想去看看澳大利亚中部的艾尔斯巨岩山。这一次，抓到了白化鳄鱼，见证了这么伟大的事，我想再去看看澳大利亚的象征艾尔斯巨岩。”

杰夫·戴特说：“哦，那你得穿越澳大利亚中部了。从达尔文市往东南走，要先经过凯瑟琳镇，然后到达艾利斯斯普林斯镇，从那里你再向西南走，在整个澳大利亚大陆的最中心，就是艾尔斯巨岩。那块红色的大石头。”

几天之后，人们处置了那条白化鳄鱼，把大鳄鱼关在了自然公园的一处水泥池子里，供人参观。“白珍珠”被抓获的消息传遍了整个澳大利亚，很多人都过来参观这吃人的家伙。可“白珍珠”整天闭着眼睛睡觉，几个月之后郁郁而死。它最终被制成了鳄鱼标本，一直在达尔文市的鳄鱼公园里放着。

杜飞在达尔文市租了一辆越野车。妻子龚蓉从墨尔本飞过来了，她要和他结伴而行。他们做了周密的准备，然后就驾车出发了。就像杰夫·戴特说的那样，从达尔文市出发，他们要沿着一条穿越澳大利亚中部的高速公路一路南行。这一路，壮阔的澳大利亚中部的荒凉景色尽收眼底。

穿越澳大利亚大陆中部的旅行，在他们的眼前徐徐展开。经过阿德莱德里佛、凯瑟琳、纽卡斯尔沃特斯、滕南特克里克、艾利斯斯普林斯这些听上去音节清脆的节点般的小镇，然后，他们到达库格拉镇，休息了一天，他们从那里再继续前往乌鲁鲁-卡塔楚塔国家地质公园， 前方就是艾尔斯巨岩——一块横断的截面般的红色巨岩，海拔一千多米，作为澳大利亚这块大陆的象征，正在等待着他和龚蓉的来临。

2018年3月18日

鹰的阴影

傍晚的时候，他们抵达了山脚下。这片区域非常荒芜，杂草都很少，没有人在这里扎营。

“我们要加快速度，不然赶不上他们。他们可能在海拔四千多米的那个营地等我们呢。”

陆英勇对周翔说的“他们”，指的是另外几位登山者。他们是通过互联网上的登山爱好者联盟网站认识的。那几个人来自美国、匈牙利、奥地利和法国，再加上他们两个中国人。

周翔是一个登山新手，而陆英勇已经有十多年的非凡的登山纪录了。他登上了好几座世界上最有名的山峰：乞力马扎罗山、麦金利峰、厄尔布鲁士峰、文森峰和查亚峰，分别属于非洲、北美、欧洲、南极和大洋洲。他还到达过南极点和北极点。前往这些人迹罕至之地，是人体很难承受的极限之旅。正因为如此，才有一些人挑战自我，面对大自然，趋之若骛地去攀登那直入云霄的高大山峰，抵达那渺无人迹的南极点和北极点。

陆英勇就是一个不断挑战自我的人。他今年四十岁，刚好比周翔大十岁。早在2008年北京奥运会举办的那一年，他就离开了传统行业，在互联网商业领域打拼，是一家上市公司的董事长。而周翔是和他有生意关联的一家公司的总经理。他们是生意上的合作伙伴。但从内心里来说，周翔觉得陆英勇是他精神上的引领者和兄长。他们的渊源很深，早在周翔多年前加入到大学里那个著名的划艇队时，他就知道了陆英勇的名字。

大学划艇队成立很多年了，常常和世界著名大学，比如哈佛、牛津、剑桥等大学的划艇队进行友谊比赛。而取得最好战绩的划艇队，就是陆英勇担任队长的那一支。那是上世纪九十年代的后期了，这位身高一米八八的划艇队队长，带领他的划艇队员们击败了世界上几所最著名大学的划艇队，取得了冠军。十年之后才考入到这所顶尖大学里的周翔，在划艇队的荣誉室内，看到了照片上和队友一起捧着奖杯的陆英勇的照片，就流露了崇拜之情。

后来，尽管作为队长的周翔和他的队友们非常努力，在当年的世界著名大学划艇友谊赛中，他所在的划艇队取得的最好成绩只是第四名。参加划艇比赛，周翔才看到了欧美大学划艇队的队员们个个身形高大，如猛虎下山一般把个小小的划艇划得像是离弦的箭一样飞，又像是脱缰的野马一样快，中国大学队根本不是对手。可为什么早在十年前，陆英勇当队长的那一届，划艇队就能取得冠军？比赛结束之后，队长周翔想不通。因此，在荣誉室内，他看着墙上的照片里陆英勇冲着他笑的样子很羞愧。

很快，这就成了毕业之前的校园记忆，被周翔淡忘了。毕业之后，忙碌于自己的事业，直到有一天周翔和一家公司谈合作的时候，他才知道了这家公司的董事长，就是学长陆英勇。两个有着相距十年的年龄差距和母校记忆的划艇队队长热烈握手了。后来，他们的合作愉快，陆英勇经验丰富、意气风发、老到成熟，在新媒介时代的商业领域里转圜自如，让周翔十分佩服。周翔就跟着陆英勇一起在生意场上攻城略地，顺风顺水。

后来，有一天，陆英勇请周翔到他的公司参观他的登山纪念小馆。那是一座玻璃幕墙建筑，矗立在二环边的繁华地段，整栋大楼有十多层，外形上看是透明的，建筑风格有些后现代或超现实主义风格。这就是陆英勇的公司总部大楼。周翔来到了十层，出了电梯。来来往往的人很多，公司里的俊男靓女穿梭不止，说明了这家公司的成长性极好。

楼层值班的女秘书看了工作安排，告诉他陆董事长的办公室房间号，他就沿着走廊走过去。这样他就穿越了陆英勇布置的登山纪念小馆。说是小馆，的确是个小馆。这个基本上沿着长廊布置的登山纪念小馆所陈列的，都是陆英勇这些年登山所用过的东西。大大小小、长长短短的东西，如雪地靴、登山冰爪、绳索、手杖、尿罐，而很多氧气瓶就像是废弃的炮弹壳。

周翔还在仔细端详这些登山用具时，陆英勇已经出来迎接他了，和他一起走出来的还有一位气质高雅、面容漂亮的女士，他说："学弟，这是我夫人祁红，她现在要去赶飞机，我送送她。"祁红和周翔握手，微笑问好，又对陆英勇说："你有客人，不要下去了。"她的笑容里有一种大气爽朗的感觉。在电梯边，陆英勇很细心地把祁红穿的碎花衬衣的衣领整理了一下，拉了拉手，和她告别。

他走过来，给周翔介绍那些东西。这个是四十年前法国人在山上留下的氧气瓶，那个氧气瓶更加古老，是八十年前美国人留在喜马拉雅山上的，他带回来作为纪念。虽然是废品了，可不能当垃圾扔掉，这是标示时间刻度的最佳纪念物。

陆英勇的大办公室被布置成了登山营地。他还养了很多只猫。漂亮的、长相奇怪的黑猫、白猫、花猫，在帐篷、登山绳索、标志旗、上升器、防滑钉和雪镜之间上蹿下跳的。还有鹰和乌鸦的标本，在半空中挂着，像是还在翱翔。林林总总的登山器具，全部展现在眼前，这奇特的内景和其他所有的公司办公环境的布置都不一样。这也是他激励员工的方法，更是招揽合作者的一种无形的广告。这广告在说：这家公司的老总攀登过世界上很多高大到直入云端的雪峰，值得崇拜，值得信赖！

“那鹰和乌鸦都是真标本。登山的时候，大鹰有时候在你的头顶飞翔，有时候在你脚下的山谷里滑翔，你可以看见它展开翅膀的阴影缓缓划过山体。乌鸦嘛，在登山途中，如果你坐下来在雪地上喘气，不到一分钟，乌鸦群就会发现你，然后，它们就在你的头顶盘旋。呱呱叫着，它们以为你不行了，打算吃掉你的眼珠和舌头，以你为食物呢。这个时候，你就必须站起来继续走，然后，乌鸦就一哄而散了。”

周翔感到了一丝恐惧。这时，他想到了一个问题：“师兄，你告诉我，既然登山很艰难，可为什么还有那么多人要去呢？”

陆英勇眨巴着眼睛，笑了笑：“因为山在那里。”他拍了拍周翔的肩膀，看着他疑惑的眼神：“这不是我的回答，是一个著名登山家的回答：因为山在那里，所以就要去攀登。”

周翔忽然就明白了，为什么登山？因为山在那里。他懂了。他说：“我也要登山。我能跟着您去登山吗？”

“当然可以啊，你要是能登到更高处，你的公司也会发展得更好。那是一种居高声自远的境界。你应该去登山。”

从那一次见面之后，周翔就在陆英勇的指导下开始学习登山了。陆英勇先帮助周翔联系了一所登山学校。在西藏的喜马拉雅山下，有这样的学校。登山者要通过一两年的实地学习，逐渐提高攀登山峰的海拔高度。假如你还没有登上过一座小山包，就不能去攀登海拔超过五千米的山峰，那很可能是要死人的。必须经过登山训练。在训练中，有的人进阶快一点，有的人慢一点，有的人甚至发现自己根本不适合登山。等到登山训练学校觉得你可以登山了，你要提出申请，有关部门才可以给你发登山许可证。

然后，最根本的地方在于钱。没有钱一定不要去登山，这是一项十分昂贵的探险运动，那些登上顶峰的人，几乎可以说是钱堆上去的。至于花多少钱，那就要看你的实力了。

"你甚至可以花几十万美元，雇上几个夏尔巴人，把你抬到珠穆朗玛峰上去。有没有这样的人呢？当然有了。欧美的一些富豪，有的就是这么上去的。夏尔巴人在高山上如履平地，富豪被抬上去，因为他们付钱了。可这就没有什么意思了。登山运动，有一个最重要的特征，那就是要自己一步步地走上去。”

“一步步地走上去？”

“是的，一步步地走上去。不是一步步地走上去的，就不算登山。这是登山的一个铁律。再说了，人生的路不也是这样吗？一天天、一月月、一年年，就这么过来了。没有谁能快进或者放慢这一人生的时间速度，时间对每个人的衡量标准是一样的。登山，就要一步步地走上去。”

在山脚下支好帐篷，陆英勇又仔细检查了帐篷的几个角，压上了防风的石头。他们算是扎营了。今晚，陆英勇和周翔就要在帐篷里过夜了。

他们吃牛肉干，喝水。周翔这时很感念在山前地区出发的村子里他喝到的塔吉克女人煮的奶茶。那奶茶到现在还让他觉得胃里热乎乎的，很舒服，很有热量。躺在睡袋里，一时睡不着，周翔说：

“你是怎么登上乞力马扎罗山的？它是非洲的第一高峰。美国作家海明威有一篇小说，就叫作《乞力马扎罗的雪》。”

“我知道海明威，后来自杀了。他还获得过诺贝尔文学奖。他喜欢斗牛、打猎、捕鱼，年轻时驾驶一艘机船去搜寻过德国潜艇，负伤后在后方医院里喜欢过一个意大利女护士。有一部美国电影说的就是这个故事。”

“那是根据他的小说《永别了，武器》改编的。我还记得结尾，主人公和那个死去的女护士告别，然后‘一个人冒着大雨回家去’。非常硬汉派。乞力马扎罗山，海明威就爬上去过。他的那篇小说里写道：有一只豹子死在雪线之上。”

黑暗中，陆英勇被唤起了遥远的记忆：

“那是十二年前的事了。乞力马扎罗山在坦桑尼亚，最高峰海拔5895米，不算很高大，却是非洲最高的山。攀登乞力马扎罗山，面对它，分别有左、中、右三条上山路。其中，右路距离比较短，坡度也很缓和，不过中间有一段在山脊线上走，地势很险要。最艰难的是走中线，就像是坐缆车一样，直接提升海拔高度，迎面爬上去，路途近，但很费力气。最舒服的是左线，在山脚下的小村落吃饱喝足之后，开始登山，爬到海拔三千米的地方，就向右拐，走一条平缓的路，这是一条最美的观光线路，然后和中线的登顶道路汇合，冲刺最后的海拔一千多米的高度，到达顶峰。有意思的是，山脚下完全是热带风光，可爬着爬着，你就进入到了冬季的寒冷。从山脚下向上面看，能看到山峰被白雪覆盖，可靠近了却是一片白云缭绕，都是云里雾里的，你必须穿越整个云雾层，才进入到雪山的范围。非常有趣而神秘。山下的热带森林里，植物多样，繁茂无比，有很多猴子，不怕人，问你要吃的。你不要乱给东西，否则它们就一直跟着你，伸着手，你不理会了它们会抢你的东西，就跟峨眉山上的猴子一样。摆脱了猴子，你继续攀爬，渐渐地钻入一片云雾，出了云雾，啊，眼前一下子豁然开朗了，远处白雪皑皑的峰顶在召唤你。”

周翔想象着陆英勇的那次登山的旅途。他又问：“海明威的那篇小说的开头就说到，在乞力马扎罗山上有一具风干的花豹尸体，可没有人知道，花豹跑到那么高的地方死去是为什么。你看见过山上有非洲花豹的尸体吗？”

陆英勇笑出了声：“海明威写那篇小说，距离现在有百八十年了吧。我爬乞力马扎罗山，可以说没有费什么劲儿，很快就登顶了。那是一次愉快的经历，这使我几乎轻视了登山运动，结果，我就吃了苦头。”

“怎么吃了苦头？”

“在第二年的五月，我就去攀登珠穆朗玛峰，结果登顶失败，功亏一篑。当时我已经上到了八千多米的高度了，就差几百米的海拔，但无论如何，我都不能再前进了。身体完全不行了，意志也崩溃了，我就下山了。”

“为什么会失败呢？”

“说到底还是准备不充分。到了第二台阶的时候，我无论如何不能再前进了。尤其是我还看到了不远处一个登山者的尸体，我就崩溃了，不能再前进了。”

“珠穆朗玛峰上有很多登山者的尸体吗？”

“不算很多，但的确能看见。在大本营有一个墓地，是石头垒的一些石堆，有人纪念性地营造的。每个石堆的前面都有人在石头上写了字，说是纪念谁谁的。那个人已经死了，但不在石堆里埋着，而是在山上死了，在更高的地方下不来了，死在登山途中了。被雪山留在那里了。”

停了说话，黑暗中，周翔沉默了好久。他听到外面起风了。这时，死亡的阴影就像是大鹰展开了翅膀，一瞬间飞过来，遮蔽了他爽朗的心情。登山是要死人的，这是他心理上没有准备充分的。

默不作声了许久，周翔听到陆英勇接着说：

“在珠穆朗玛峰的南坡和北坡，两条登山的主要线路的边上，都有死去的登山者。攀登珠峰的死亡率是百分之四，就是登顶一百个人，死四个人。有的是看不见的，他们掉入了冰缝，也有的，被雪崩掩埋了，失踪了。还有的掉入了悬崖，也看不到了。来年冰雪融化，顺着融化的水流会冲下来一些。能看见的尸体，也有一些。在一些地方，死在那里，趴着、蹲着、躺着、侧倚着的，都有。那些尸体就像是路标一样，你最开始看见的时候，会心惊肉跳。因为那尸体很可能也是你，你也可能会变成他们。所以，你更要坚持下去，奋力攀爬，渡过万难险境。每个死去的登山者都是有记载的，他们的队友、亲人和登山管理者大都有记载。有人会记住他们的，他们即使不是英雄，也是为了心里的理想死在雪山上的，和大多数庸俗不堪、无法挑战自我的庸人是不一样的。”

周翔觉得他说得也许并不准确。每个人都有权挑选自己生活的方式，平静、平常的生活，也是一种态度，不用去指责。

“那登山中遇到最困难的时刻，是什么时候？”

“我想想……最困难的时刻，应该是在路上看到那些已经没有能力继续攀登的登山者打算放弃的那一刻，他向你投来恳求帮助的目光时。这时，你需要的是自己奋力前行，你连他的眼睛都不要看，一看到他的目光，你就和他一样了，你立即就变软弱了，被他带走了。这样你很可能就不能继续前进了。”

“登山途中，不断有人放弃吗？”

“在夏季的登山季，在珠穆朗玛峰上，中途放弃的比比皆是。你只管前行，这时，你要心无旁骛，只关注自己的状态。你的体力、心情、呼吸，你的步伐，你的装备有没有问题，你会不会遇到面罩脱落，氧气瓶里的氧气还够不够了，你的雪镜有没有损坏，绳索的绳扣系得牢不牢，上升器还在不在，冰爪鞋子给不给力，你雇佣的夏尔巴向导和帮手有没有分心，等等。心无旁骛，一心登顶，这才是一个登山者要做的。”

周翔停了停，想到了这次出来的路途，问：“明天我们能和他们会合吗？”

“差不多，不过我们俩要走一整天，才能到达那个营地。那地方在山上的一个山谷里，靠近边境。我们要小心一点，高山上人烟稀少，但环境很复杂，有些国家的极端势力武装，有时候会非法越境活动。”

外面的风声变小了，空气变得稀薄了。这个夜晚周翔睡得不好，脑袋很疼。在睡袋里感觉不到大地托着他，有点飘浮在空中的感觉。他担心自己病了。

第二天一早，吃了东西，他们很快就出发了。这段上山路没有积雪，到处都是巨大的岩石，干燥而枯涩。一上到山脊上，风就变得又冷又硬。

“我对你登上了那么多山峰的经历非常感兴趣。但你好像讳莫如深，从来不愿意主动提起。现在，都给我说说吧。一座座地来，”周翔有点气喘，“比如，北美的麦金利峰，你是怎么登上去的？那可是在阿拉斯加的苦寒之地啊。”

陆英勇停下来，调整了一下手杖，他的墨镜中有周翔那张白皙的脸："八年前我就登上了麦金利峰。现在说起来，似乎是很遥远平常的事了。麦金利峰是北美洲最高峰，那里接近了北极圈。山上的天气多变，十分恶劣，冰川就像是刀斧的丛林，攀登起来险象环生，可我觉得，比起喜马拉雅山脉的那些高峻的山峰来说，还是要好接近一些。我记得，在麦金利山峰的脚下，有一座美国小镇，叫作塔肯纳镇，凡是进军麦金利峰的登山者，都要在那里停留，做些准备。我在那里雇了一个向导，一个帮手。每年的夏季七月，来登山的人有不少，所以这也是一门很好的生意。这两个当地人有点像印第安人，也有些像因纽特人，总之是两个美国人。"

"他们的价格贵吗？"

"比夏尔巴人便宜。登山前的准备工作一定要做充分。我记得我们租借了两架雪橇车，前面拉人，后面拉东西。停留在镇上的时候，当地人就围着我们卖东西，有人给我兜售大鲸鱼的头骨，还有用鲸鱼的骨头做的手杖、相框和棋盘。鲸鱼的骨头特别粗壮，比我的腰还粗，估计你想象不出来。在那个镇上，无论是酒吧还是饭店，都有北极熊的皮毛做成的标本。填充起来的北极熊十分巨大，跟活着的一样，就站在酒吧里或者是酒店大堂里欢迎你，那阵势实在是吓人。我身高一米八八，可和那北极熊的标本比起来，还要小几号。人在北极熊的面前，就像是一只小猴子在大猩猩的面前一样。人类必须保持谦卑，才能在荒野上生存下来。”

陆英勇回想起他见过的那块鲸鱼的头骨，只有一部分，也很巨大，能把他的整个人都装进去，可见鲸鱼的脑容量很大。这是一种聪明的动物。最终，他还是没有买下来，他不知道这玩意儿能不能被允许带上飞机。

他记得，从塔肯纳镇远眺麦金利峰，它并不高大。可靠近之后，就知道了麦金利峰的艰险了。登山者一队队出发了，每天都有人登顶。等到他们回到小镇上，也都默不作声，就像是完成了一个功课而已。他们不愿意谈论登山的事。登山者在登顶的那一时刻，才是最激动的，之后就平静下来。是登山者本人加高了山峰的高度。这就是登顶的秘密所在。人是狂妄的，必须要给山峰再人为地增加一米多的高度，这是登山者登顶之后能够做到的。

两个人继续登山，从喀喇昆仑山延伸出来的这片山峰似乎并不友好，道路崎岖，落石滚滚。

“攀登麦金利峰最艰难的一段，就是走过它的冰川丛林。可能是风雪的作用，这些冰川纵横交错，十分艰险。我的冰镐和冰爪鞋起到了关键作用，自然还有绳索。我雇佣的当地向导和帮手很给力，他们俩一前一后，耐心地为我服务。他们已经有很多次攀爬麦金利峰的经验了，就像那些喜马拉雅山下的夏尔巴人一样，在高山上如履平地。他们的肺是天然的氧气瓶。也许，他们的血氧含量和我们这些来自平原和丘陵地带的人不一样，他们天然地就是高海拔的动物。我现在记得的是，攀登麦金利峰要战胜的，是内心的孤独和枯燥感。”

“有那么多登山者，还有助手，也会感到孤独？”

“是的。十分孤独。不知道为什么，在阿拉斯加，我看到的景象比任何地方都荒凉。荒凉无比的阿拉斯加大冰原！走啊走，就是没有尽头。前不着村，后不着店的。即使是靠近了雪山，开始登山了，前后也看不到什么人，除了我的向导和助手我们三个人。其他登山者都不见了，太奇怪了！在镇上的时候他们人很多，一个个都跃跃欲试的样子。可眼前的白色令我绝望，让我想呕吐！可是，我什么都吐不出来。这就是我的感觉。登山路程要走‘之’字形路线。我记得，麦金利峰的三号营地位于海拔3500米的地方，嶙峋的山石突出于冰雪中间，像是怪兽在雪堆里观察你。继续攀登，就是一道天然的谷地，冰雪很厚实，在太阳下还有反光。这一段比较好走，提升高度很快，四号营地设在海拔4300米的地方，从那里可以看见麦金利峰的侧影。后面的攀登就开始变得艰难了，要沿着左侧的山脊线行进。风很大，雪晶不断地打在，甚至是砸在我的身上和脸上，风吹的声音很大。这时，我就是大声喊叫，别人也听不见。雪吹在身上就像是钝刀子割肉一样，让我难受不已。可我必须坚持，忽然，风又停了，云雾散去，雪晶也没有了，我一看，来到了五号营地，海拔在5100米左右，是一处山的肩膀，有一片平缓的背风地带。一般在登顶之前，登山者都要在这里休整一下，喘口气，然后，就是最后的海拔一千米的冲锋了。”

“登顶之前，都要稍微休整一下吗？”

“最好休整一下。所以，每一次登顶之前的准备要充分。要准确判断衡量好自己的体力如何，携带的登山用具有没有遗失。曾经有登山者不自量力，没有估计好自己的体力，结果体力透支后就死在山上。登山运动，往往是这最后的海拔一千米的路是最艰难的。在麦金利峰，要沿着左侧山峰的山脊线，走‘之’字形路线。我记得，我走着走着，阴郁的心情忽然开朗起来了，四周大海一样的景观逐渐显现了。当时，我看到了阿拉斯加的茫茫无际，想到了杰克·伦敦的《热爱生命》，大自然的辽阔和无情会让你在和它真正对话之后，感到某种绝望。远看那麦金利峰就像是一个女人丰满的乳房，柔和的线条，顶端是白雪皑皑的奶头。可到了最后冲刺登顶的时刻，那平缓的山脊就成了遥遥无边的征途。一步步、一步步地走上去，最后，我终于到达山顶了！可不知道为什么，我那一刻脑子里闪现的，却是鲸鱼头骨的一片灰白色。”

陆英勇不说话了。回忆那段艰险的登山经历，他觉得很忧伤。当时，他和妻子的感情那么好，每到一个地方，即使是用昂贵的卫星电话，他也要和她尽量多说几句。后来，他们的通话越来越少，他也感到越来越远，和她，和天地之间的任何东西。

“下山后，我重新回到了人间那灯火通明的塔肯纳镇，看到很多人在走来走去，酒吧里喧闹非常，酒店里熙熙攘攘，很多人来了，很多人又在离开，可我却感觉自己像是一只孤独的狼，在看着陌生的人群。晚上我睡不着，等待第二天坐飞机离开这里。我从窗户往外看着，我记得那是七月三日的晚上，第二天即将迎来国庆节的美国人，把这个小镇装扮得灯火辉煌，而我的内心里，却是一种无边的惆怅。”

现在的阳光很好，空气的透明度也很好。他们都看见了一只鹰。那只鹰就在他们的头顶盘旋着，遥远地盘旋着，一圈，又一圈。

它似乎发现了什么，在山峦之间，在大地之上。鹰的视力极佳，大地山峦对于它不过是一幅平面地图，任何跃动的东西，都在它的视线之内。

陆英勇停下来，用右手指了指那只鹰：“你看，它有多大，它的翅膀展开来，有好几米宽呢。”

周翔紧紧地跟在陆英勇的后面，他的胸口非常憋闷。海拔高度逐渐升高，一切似乎都变了，呼吸变得更加滞重，胸口憋闷，每走一步都是艰难的。透过雪镜，顺着陆英勇手指的方向，他也看到了那只鹰。

那只鹰黑白相间，也许不是鹰，而应该叫作雕？或者就是鹫？但肯定不是隼，隼是很小的鹰了。这大鹰的翅膀展开来飞翔，就如同静止的风筝那样，在他们的头顶一圈又一圈地盘旋。

“也许，它发现了人的尸体。”周翔吐字艰难地说。他感觉自己的嘴说了这几个字，都足足用了一分钟。平时说这几个字只需要三秒钟。

刚才，他用望远镜看到了远处那片雪地里趴卧着的一具穿着红色登山服的尸体，尖叫了起来。陆英勇告诉他，那个人趴在那里已经有十年的时间了，是个欧洲人。每个路过这里的登山者都能看见他。他就像是一具醒目的路标，告诉后来者，来到这里可能会死的。而且，他就在那里死给你看，死得那么平静、平常和安宁，趴在那里再也不能回家，也不能继续向上攀爬，更不能后撤到山下的营地里了。他是真的死了。周翔打了一个冷战。

“它飞过来了。它发现了我们。”陆英勇的声音稍微有点惊讶，周翔能听得出来。

周翔的雪镜片里，映射出了那只大鹰。它忽然俯冲下来，越来越近，似乎要向他们俩警告一样，呼啦一下子掠过了他们的头顶，就在距离他们很近的地方，也许是十米？二十米？在他们的耳边啸叫了一声，疾速地掠过了。

他们俩都看见了一道巨大的阴影掠过了白色的雪地。那是鹰的阴影，它的翅膀展开来的阴影，掠过了白色雪山。

“妈的，不祥之兆。”陆英勇喘了口气说，“高山上的鹰，都是闻到死亡的味道才会啸叫的。可这附近，什么也没有啊。除了那具早就被啄去眼睛、舌头和耳朵的登山者的尸体。”

现在，他们站在一片极其开阔的高台上。可以感觉到雪地下面是坚硬的岩石。从这里能看到眼前无比广大的世界，喜马拉雅山向西延伸而来的喀喇昆仑山的山体纵横开合地形成的大海。是的，这里是山的海洋，群峰竞起，峰峦叠嶂，高峰并峙，森严、冷漠而高拔，傲岸而遗世独立。这里是阔大和冷峻的世界，没有小山小水，都是大山和白云。白云在山峰之间缭绕，在他们的眼前流过。

他们发现在不远处的一块岩石上，搁着一罐红牛饮料，已经冻得爆裂了。陆英勇走过去，抓在手里，笑了：“这是美国人皮特给我们留下的路标。咱们要抓紧赶路。你现在感觉怎么样？”

周翔狠狠地吸了一口气：“我，感觉良好。”

他们继续前进。有四个登山者在前面等着他们俩呢。

……你想让我再给你说说我攀登厄尔布鲁士峰的情况？好吧。厄尔布鲁士峰位于大高加索山脉西段，是欧洲的最高峰，不过，它有两座并峙的山峰，一座海拔5642米，另外一座海拔5595米，差那么几十米的海拔高度，在近处和远处都看不出来。高加索地区是俄罗斯的传统势力范围，那里比较贫困，人也很粗犷豪野、桀骜不驯，不过也很淳朴。攀登厄尔布鲁士峰对于我是一次十分愉快的经历。整个登山的路途，要走一个很大的之字形路线。去那里要先飞到索契，然后再坐汽车前往厄尔布鲁士峰山脚下。高加索地区出产的红酒非常棒。我在山脚下就喝到了很好的高加索红酒，无论是格鲁吉亚还是阿塞拜疆、亚美尼亚，红酒都非常好。

说起来，欧洲没有太高的山，从西到东，先是比利牛斯山横亘在西班牙、葡萄牙和法国之间，大画家毕加索和米罗当年要想成名，必须去翻越比利牛斯山前往艺术之都、法国的巴黎才可以一举成名，不然他们就是西班牙放牛娃或是街头小混混。仅仅一山之隔，西班牙和法国就差多了。所以，西班牙人看着就像是没有进化好的白人，散漫，爱吹牛，懒惰，喜欢享受和性爱，却又没什么钱。我不大看得上西班牙人，虽然他们祖上曾经阔过，在大航海时代曾经征服过南美洲不少地方，杀了很多印第安人，干了不少让人不齿的坏事。葡萄牙人也是老牌子的海洋殖民者，可现在的葡萄牙，渺小、封闭、保守、沉默，就像是被欧洲遗忘的一块飞地。这全怪并不高大的比利牛斯山的阻隔。

继续往东，就是阿尔卑斯山脉。主要分布在瑞士和法国南部，从意大利也能看到这座山。阿尔卑斯山很有名，这条山脉适合滑雪的地方很多，不过并不惊险。于是，再往东的大高加索山脉的厄尔布鲁士峰，就成了欧洲第一高峰。

从更广大的地缘地貌上来看，从西边的比利牛斯山、阿尔卑斯山到大高加索山脉，然后继续向东，就是喀喇昆仑山脉和喜马拉雅山脉了。这是从欧洲西南部到亚洲西南部的、东西走向的几组巨大的山脉，形成了独特的地理屏障。一些高大的雪峰，构成了这些山脉之上的制高点。

大高加索山是欧洲和亚洲的分界山脉，南面的格鲁吉亚属于亚洲，北面的俄罗斯则属于欧洲。前些年，格鲁吉亚和俄罗斯之间爆发过战争，所以，我一到达厄尔布鲁士峰的山脚下，就见到不少荷枪实弹的士兵，他们好像要随时准备开枪一样让人紧张。检查我的护照，也是看了一遍又一遍，唯恐我是一个间谍分子。

山脚下的小镇有缆车，直达山腰上的一处观光之地。从那里可以看到三千多米海拔之下的无尽的风景。高加索山山势险峻，勇敢彪悍的山地民族就在这崇山峻岭之间，养成了不服输的性格，比如格鲁吉亚人、阿塞拜疆人、车臣人和印古什人。再往山上走，就是登山者要走的无路之路了，大部分观光客就下山了，我则与两个助手一起，继续攀登山峰。

八月的盛夏时节，去厄尔布鲁士峰的登山者很多，大部分来自欧洲。那个季节特别适合旅游，空气宜人，山上险峻巍峨，山下风光迤逦。我的登山之路很顺畅，目标是海拔5642米的西侧主峰，欧洲最高峰。云团不断涌现，遮蔽了山峰。每一步都很艰难，又很踏实。我就这么一步步地走向了顶峰。

在顶峰之上，我照例要展开一面国旗。过去我在登上顶峰的时候，泪水往往会夺眶而出，一下子就化成了水汽，模糊了面罩和雪镜，让我什么都看不见。后来，再登上顶峰，我就学会了克制，不再那么容易流泪了。我首先感觉到，就是浑身紧张的肌肉忽然松弛了下来，然后我一屁股坐在硬实的雪地上，扔开登山手杖，松开双腿，让脚上的冰爪鞋子舒展开来，然后，缓慢地从胸前的口袋里掏出来折叠着的一面五星红旗，仰面将它徐徐展开。那一瞬间，我心里的第一感受就是，我登顶了！第一时刻就是要向祖国报告这一喜讯。

你听着可能觉得有点夸张。但对于我来说，这是很真实的感受。在山上，绝对不能轻易地想到母亲，更不能轻易喊妈妈，那是在你要死的时候才会喊的。要是你掉进了冰窟窿里，喊的一定是妈妈。那是最绝望的时刻。可是在顶峰之上，你想到的，却是祖国。因为这是令你最骄傲的时刻，只有祖国才能分享和注目于你登顶时的那种巨大的自豪。展开来国旗，激动地想一会儿祖国，即使祖国那个时候很忙，来不及想你这个儿子，你也心满意足，就可以慢慢下山了。

顶峰上有什么？首先是风非常大，就像刀子一样，刮得我的身体很疼。其次，山顶的积雪十分厚实，而峥嵘的山石也裸露在山顶，风大了，可以躲在山石后面喘息一会儿。我看到山顶上有人丢下不少纪念物品，比如，一些石头上会缠绕着衣服、他国的国旗和其他物品。这很不好。像珠穆朗玛峰，现在几乎被络绎不绝前来的成千上万名登山者产生的垃圾淹没了。每年，西藏当地政府都要派人清理下来几十吨垃圾。最好是什么都不要在山顶留下。

在高加索山下，我回味登顶的感觉，觉得很奇妙。

从宾馆往外看，在灯光中，我竟然看到了一些高加索地区的骏马走过小镇的街道。那些骏马身材高大，腿都很长，马蹄嘚嘚，鬃毛飘洒，十分符合当年汉武帝寻求天马的要求，就那么在寂静无人的大街上，天马和骑手一起走过，却不知道我这个游子，刚刚从最高的山峰上下来。

他们走在大海一般的山峦之中。远看是两个小点，近看则是穿着鲜艳登山服的两个人。周翔现在的感觉是缺氧，每走一步都很疲乏。他还感觉到脑袋也很疼，海拔的快速变化，让他的血压也有变化。

那咱们休息一会儿。看到他的这种状况，陆英勇扶着他，在一处岩石的背阴处歇息。周翔也看到了陆英勇蹙起了眉头。可能是遥远的事情，击中了他。我能感觉到，这次出来登山，你的心情也不大一样。周翔说。

是的。你知道每个人都有自己隐秘的痛苦。这一次，我带你攀登这喀喇昆仑山，也在疏解我自己内心的痛苦。

周翔迟疑了一下。他的太阳穴突突直跳：什么痛苦?

我离婚了，就在上个月。陆英勇的雪镜里，映射的是雪山的连绵。

周翔吃了一惊，他知道陆英勇的妻子很能干，是一位很著名的律师。他们一家三口过得很幸福，孩子也都上了初中，房子好几套，郊区还有别墅，在海南、云南大理和北戴河也都有房产。家里两辆汽车，一辆奔驰迈巴赫，一辆宝马越野，日子一直过得都是顺风顺水，是改革开放四十年的得益者。

日子过得好好的，为什么要离婚?

陆英勇从口袋里取出来一袋牛肉干，递给周翔一块。你要是娶了一个律师老婆，在法律层面上就是一个弱者了。你得按照她对婚姻生活的设想来。否则，你就会被埋怨，你就是不合格的男人，直到你们渐渐疏离。自从我开始登山之后，我距离天空越来越近，而离她越来越远了。这也是她说的。

周翔沉默了一会儿，从胸口摸出来一张肖像照片，递给陆英勇，笑了，露出来一嘴的白牙。你离婚了，可我却要结婚了！这一次我登山成功了，我就回去成婚。

我要通过这次的登山，来验证我承受结婚后生活变化的能力。

我知道你们的恋爱都好几年了，应该有一个正果了。陆英勇拿过那张两寸的小照片端详着，照片上的姑娘很甜美。我记得她姓冯，在师大教授心理学，对吧？

是啊，学心理学的女人，我估计和女律师也是不相上下吧。她对我的心理状态把握得非常准确，我也心甘情愿被她掌控。可我还是有点不愿意结束自己的单身状态，不知道我能不能适应家庭生活。

你肯定行，你责任感很强，又很会妥协。再说了，结婚后有了孩子就不一样了。孩子对婚姻很重要，任何时候都是一种黏合剂。

你离婚了之后，你现在是什么感觉？周翔接过陆英勇递过来的照片，重新放回了胸前的一个小口袋里。

痛苦。离婚了非常痛苦。人生的任何告别都是痛苦的，还有撕裂感。你的生活撕开了。我也需要疗伤。我结束了某种生活，而你即将开始一种新生活。我比你大十岁，我们在各自不同的生命状态里。我们一起来攀爬这里的高峰了，会获得不一样的生命感觉。但不管怎么说，结婚都是美好的。祝福你们。

周翔看不到陆英勇的眼睛，都在雪镜后面掩藏着呢。听他说话的语气，也许他的眼睛湿润了。

可能是为了岔开话题，陆英勇说，你知道那个奥地利姑娘安娜，她为什么要来攀登这座山峰吗？

不知道。我们距离他们还有多远？

估计我们还要走四个小时，才能追上他们。安娜是个漂亮的金发姑娘，她有一个未婚夫，去年来这里登山，说好了登顶之后，就回奥地利和安娜结婚的。结果，他在海拔六千多米的雪山上，失足掉到了冰缝里，再也回不去了。这一次，安娜来和我们一起登山，就是为了看看她未婚夫的殉难之处。为了到他遇难的地方看一眼，她就来了。这是安娜的故事。每个人都有自己的登山故事。

周翔心里一紧，有了一种不祥的感觉。这一次，他来登山，也是打算登顶成功之后就回去迎娶他心爱的女人的。

很感人，周翔喃喃地说，但我可不想死在雪山上，我要活着回去。我的生活还没有完全展开呢。

陆英勇这才觉得他说安娜的故事时机有点不对，他拍了拍周翔的肩膀：没问题，你肯定能回去，娶到你心爱的心理学女老师的。我估计她有第六感，而我也在这里，我这个登山老手，能保证你安全下山回家。

……那么，如何前往北极和南极两个地球的极点呢？你问我这个，我就告诉你我到达这两个极点的探险经历。现在，去北极和南极地区都比较容易了，交通工具便利了。但说着容易，做起来依然很难。真正抵达极点，是需要巨大的冒险精神和充分的物质准备的。

先说北极。北极点被巨大的北冰洋冰块覆盖，冰块互相挤撞，来回漂移，很难确定。确定北极点的准确位置，需要专用仪器的帮助，才能测定出来。从北极点向任何一个方向走都是朝南走。

我先从挪威奥斯陆飞向一座极地范围内的小岛上，那里只能降落小型飞机。在那里聚集着打算前往北极点进行探险的人。在北极探险，需要雪地狗、雪车、雪橇，还要防止北极熊的袭击。

前往北极点的路途既顺畅，也很艰险。在前进营地，做好了准备，我们就一个接一个地出发了。寻找极点需要依靠仪器测定，我们划着雪橇，坐着雪车在冰面上飞速前进。

我已经习惯了零下几十摄氏度的寒冷，登山服和防雪服非常耐寒。极目远眺，四周是白茫茫一片，这一刻，真孤独啊！在北极我会觉得我是最孤独的。我什么都不想说，狗拉雪橇在飞速前进，营地已经距离我很遥远了。雪橇是最保险的，因为极地犬的耐力是很好的，比汽油更可靠。在寒冷的天气里，汽油、柴油、航空用油都是不可靠的。机械会冻僵，汽油会凝固，发动机不工作，而极地狗却不会，它们活泼而欢快地拉着雪橇前进。在极地，我看到白茫茫的冰原上，耸起了很多冰凌堆。那些冰凌是冰块在互相撞击的过程中涌起的，又在寒冷的天气里完全冻结。远远看去，这些耸起于冰原地平线上的冰凌，很像是一个个白熊蹲伏在那里，伺机打算袭击我们这些挑战者，更何况这里本来就是北极熊的地盘。但靠近了发现，那些尖锥状的冰凌不过是大自然的杰作。

我气喘吁吁，感到胸部很僵硬，太冷了！肺都不想工作了，可雪橇在前行。走啊走，走啊走，等到我筋疲力尽的时候，向导却说：我们距离北极点不远了！

根据仪器的指示，我们终于到达了北极点！我站在了极点之上。这里是地球向北的所有经线的汇合点，极点。啊！我激动极了，一下躺在地上，再次展开了五星红旗。极地狗也在叫着，它们在休息，在欢快地吃东西，因为这时你要是不用食物来奖赏它们的辛劳，你就可能回不去了，你就会冻死在这个极点上，成为一个新的标志物。

我记得我躺下来，躺在极点上，似乎听到了这永久的冰块之下，有海豹的呢喃，鲸鱼的尾巴摆动。我忽然看见了一个活物，是的，是一个活物，那是一只北极狐狸，白蓝色的，在冰原上探头探脑，一跳一跳地靠近我们，站起来观察我们，然后，又一跳一跳地跑了。这北极狐真是冰雪世界的精灵，它安慰了我孤寂无比的心灵，这时刻，我心情平静多了。

想到马上要刮大风，我们必须尽快撤离，这里不是久留之地，我们很快回到了直升机营地，乘坐直升机飞向极地小岛，从那里再坐更大的喷气式飞机飞回挪威的奥斯陆。北极探险就这么结束了。到达过北极和没有到达过北极点的人，一定有所不同。可有什么不同，我得好好想想。后来，我的眼前总是出现那只北极蓝狐，它来探望我，似乎想和我说什么，它有秘密要告诉我，只是没有来得及说。

晚上，躺在奥斯陆的一家宾馆里，我头枕雪白的枕头，盖着雪白的被子，那一刻特别想念我的家人，我的妻子、孩子，我一下子大哭不止。我知道，他们都在远离我，而我此刻是多么想和他们靠近，手拉手地靠在一起。

第二年的年底，我又前往了南极，去寻找极点的位置。和北极的冰原不同，南极点的海拔很高，有3800米，那里的气温也非常低，低到了人类几乎难以承受的地步，似乎比北极更加寒冷。不过，那时我已经知道自己停不下来了，我必须要到达这些人迹罕至之处，才能驯服内心的野马。

我那一次去南极，到达南极点之后，又接着攀登了南极的最高峰——文森峰。文森峰海拔4897米，是南极洲的最高峰。南极洲之所以叫作洲，是因为这里有一片连续的陆地和冰原构成的大陆。这里和北极刚好相反，只有一个方向——北方。在南极点，不管你往哪个方向走，都是北方。在这里，也是半年黑夜，半年白天，就是惯常所说的极昼和极夜。

到达南极有很多办法，从智利坐大船穿越终年刮大风的德雷克海峡，是常见的一种。不过，由于我后面的登顶路途还很艰险，所以我就直接坐一架红色的飞机，飞到了南极洲的边缘。而从那里出发，沿着南极洲的埃里伯斯山脉向南极点进发，就容易多了。在智利那座小城，我们前往南极点的探险者临时形成了一个队伍。等到红色飞机载着我们飞到了南纬89度的探险营地，继续向南极点进发的路途，却依旧十分遥远。想想吧，一架红色飞机在白色的冰原上空飞翔，这有多美！当时，我坐在那架红色飞机里飞越了智利到南极的海峡，飞向了极地边缘，心里按捺不住激动。人类最早到达南极点的时间是1911年，是由挪威探险家罗纳尔·阿蒙森实现的。一个多月后，英国探险家罗伯特·斯科特和同伴们再次到达，却悲剧性地将自己的理想和生命一起留在无边无际的冰原。

如今在南极大陆，通往南极点的路上有多个观测站和补给站，可以得到很好的休息和救援。我发现，到南极的人比去北极的人多多了。可能大家都对南极企鹅感兴趣。那些几乎可以叫作熙熙攘攘的人们，纷纷来到了南极，在任何一个观察站，到处都有人讲英语、法语、德语和西班牙语，讲中文的却很少。我们要先在爱国者山的营地里，集中进行训练，学会如何在雪地上行进。每个人的雪车后面都拖带着行李包。要是善于用雪车，那在蓝白色的冰原上，你就会行走如风。

南极大陆也是一望无际的大冰原，这种空旷让我顿生绝望感。它使我忘记了北京大都市的所有烦恼，也忘记了家庭琐事、夫妻之间的冷战和热战带来的不快、抚养孩子的艰难和所有的烦心事。

我们走的通往南极点的路途已经很寻常了。那是一条一百年来很多到达南极点的先辈们不断行过的路。他们的身影在时间的深处消失了，只有我们呼哧呼哧的喘气声，在冰原上回响。除了无垠的雪原，从表面上看不到有什么危险。我们艰难跋涉，一走就是十几公里，拉开了散兵线。可南极企鹅在哪里？完全看不见，不知道它们在哪里休息呢，实在是看不到一只企鹅。

向导杰克走在最前面。他就像是在雷区前进的排雷兵那样，手里拿着导航仪器，引领我们直接向南极点进发。我们要走一百多公里的路途才能到达南极点，需要走整整九天。每天，我们都要跟在向导杰克的后面走四到八个小时，然后是扎营休息。有时候，他那穿着红色雪地服的身影会在冰原上停下来，是磁场导致他手里的仪器发生了偏转？我紧盯着他的背影，祈祷他千万不要把我们导向了万劫不复之地。好在这冰原不会突然裂开，也不会有暗流涌动，更不会有大鲸鱼猛地冲破厚厚的冰层，从冰盖下一跃而出，把我们掀翻在地，然后全部吞噬。我的眼前有的，只是无尽的冰原，有的只是那像刀子一样切割着我的脸的冷风。南极的冰原开阔无垠，人太渺小了，这里太浩瀚了，浩瀚到了你简直置身于星空和宇宙里，没有任何参照物能够让你觉得这里有边界。这里的一切都是减法，你什么都看不到，除了来到这里的人自己。没有苍蝇，没有苍鹰，没有岩石，没有乌鸦和马匹。我这一路前往南极点就没有看到一只企鹅。冰原上走动着的，就是我们这些人。我们人人都是逃犯，又像是在追捕自己的镜子里的猎人。

太阳永不落下，我们在白昼里行走，每天要走好几个小时。我们这一行一共有九个人，其中有两对夫妇，分别来自英国和瑞士，还有一个日本人，一个西班牙人，一个德国人。那个德国佬一直对我不满意，在智利的餐厅里就觉得我不顺眼，出来一路上扎营的时候，我们挤在一个帐篷里，他总是要睡在中间。在我们的头顶，那永远都不落下的太阳，却是阴冷无比的。零下五六十摄氏度的天气，稍微不注意就会被冻伤，截肢的人比比皆是。

一天又一天，走啊走，在茫茫冰原上走路，实在是疲乏至极。当我们看见了南极点的一处美国观测站的建筑屋宇的时候，都很振奋，立即加快了步伐。

终于到达了南极点了！北极点是什么都没有，南极点却有一个巨大的钢球，放在那里，显示着地球这一重要支点。

我靠近了那个镜面反射成凸透镜的钢球，看到了自己皲裂和变形的脸。太丑了，被冰雪和风扭曲了，击打了，摧毁了。可我到达南极点了，我终于到达了！我一下子躺下来，再次展开国旗，拍照留念。

在南极点，我感觉到这里真是乏善可陈，我到达这里之后，内心里浮现的是一种虚无感。在南极点观测站里，我喝到了热水。我泡了龙井茶，也请周围的人喝。接着，很快我们会坐飞机离开这里。那几天除了我们，后面还有一些探险者也陆续到了。我们等待了两天，终于有一架飞机前来接我们了。

我们飞离了南极点。还是一架红色的飞机，飞在白色的南极上空。

我坐飞机回到了休整地。我的下一个目标，就是攀登距离南极点并不遥远的南极洲的最高峰，文森峰。再次出发，来到文森峰下，是一周之后的事情了。我这个人做什么事情都喜欢一鼓作气。一鼓作气，再而衰，三而竭，这是中国古人说的。既然来到了南极洲，那我就要攀登文森峰这座最高峰。

文森峰海拔4897米，是地球上几大洲的最高峰中，最后一座被登顶的山峰。一九六六年，几个美国登山队员登上了文森峰。二十二年之后的一九八八年，两个中国登山家也登上了这座山峰的峰顶。现在，我来了。

从山脚下的一号营地出发，直奔海拔三千米的二号营地，一开始的登山路途十分顺利。从二号营地到达海拔4000米的三号营地，则是一段直上直下的路，需要借助绳索、冰爪和冰镐的力量，还有团队的协作。到达三号营地之后，往四下观察，南极洲真的是令人悲哀的苍茫。这简直是单调到极点的世界，到处都是灰白一片。天地之间，白云和大地，雪山和天空都是浑然一体的。不像其他地方的高大的雪峰，崇山峻岭之上是蓝天和白云，苍鹰也飞在你的脚下。

我记得在文森峰登顶之后，一场突如其来的风雪袭击了我们。我们来不及在山顶歇息，就赶紧下撤，结果还是有人冻伤了。那对瑞士夫妇的手脚都冻坏了，我估计他们得截肢了。回到了营地，红色的飞机接应我们。然后是向北飞行，飞回到智利的圣地亚哥。

在圣地亚哥，我彻底放松下来，在那些热闹的、到处都喧响着拉丁音乐的智利安第斯山牧羊曲的调子里，我会忧郁而放肆地大哭起来，然后我给我见到的每一个在酒吧里的人买酒喝。我请客！我请所有的人喝一杯！在这个夜晚，我这个唯一的中国人是最孤独的，旷世的孤独，而我又是最幸福的，我和他们在一起，在圣地亚哥这家酒吧里，和他们每一个人都能敞开心扉地拥抱。我哭了，他们也哭了，然后我们又笑了，喝得醉醺醺，人人都跳舞或者抱在一起。

第二天，我们的团队解散了。告别的时候，我和他们都很感伤。有人不知疲惫，兴致勃勃地前往阿根廷，打算去攀登南美洲的最高峰——阿空加瓜峰。阿空加瓜峰是安第斯山脉中的一座高峻的山峰，海拔6964米，是一座死火山山峰。山顶岩石林立，地势相对平坦。

我感觉到疲惫至极。其实，是我的内心里忽然产生了某种厌倦。我格外想念我北京的家，我的老婆和孩子。我拿起电话就给祁红打过去了。在北京，还是白天，祁红正在工作，她还有点不耐烦，可她不知道我现在多么想念她，多么想家。她听我絮絮叨叨说了半天，只说了一句："好啦，你赶紧回来吧。"

于是，我就想尽快飞回去。再见了，南极大陆，南极点，还有南美洲。

这就是我前往北极和南极的一点经历。我去过了，我看见了，然后我又离开了。可能登山的最终目的，就是山在那里，你登顶之后，山，它还在那里。你以为你增加了山的高度，可实际上，山峰是不增不减的。

他们感觉到山上的气温在下降。太阳总是躲在云彩的后面不出来，或者说，云彩太厚了。紧接着，就下起了雪。

周翔没有见到过高山上飘雪。风裹挟着雪花，从天空的深处飘来。其实是从右侧的山谷里升上来的，几朵雪花撞在一起，就变成了雪团，打在他们身上。

“继续前进，我们要翻过这道山梁，然后向东边走，就是一条平缓的坡地了。”陆英勇在前面说，“这段路，你注意脚踩得实一些。刚下的新雪很虚浮，踩不实的话，容易滑坠。”

周翔这才发现他们已经走在了一道非常陡峭的山脊上了。爬山的时候，你会不知不觉就习惯了大山的走向，等到你真的来到危险的地方时，你不注意就会习以为常，你注意了，那就会胆战心惊。周翔看到，假如他稍微向左边走两步，就是一个陡坡，掉下去就是万丈深渊。他的心悬了起来，不敢走了。

陆英勇发现了他的情况，转身喊："加快步伐，快速通过！"

周翔感到雪团砸在雪镜上，更令他烦恼和慌乱。他加快了速度。可脑子跟上了，步子却跟不上。一脚，两脚，他一下子踩虚了，一个趔趄，失去平衡，就向左边倒去。新雪的虚浮让他没有着落感，他一下子滑坠下去了。

滑坠是登山途中最危险的事故。滑坠，就是你无法按照既定路线前进或者后退，而是偏离主线，突然掉落到一边的非安全区域了。周翔感到自己一下子就掉下去了，他的手杖也甩开了，情急之下他使劲地抓着冰壁，可就是抓不住，一下子滑坠下去。陆英勇立即看到了这一危险情况，他狠踩地面，大喊："抓住绳子，不要乱动。"

在登山过程中，绳索也起着关键的作用。用冰镐在冰雪上开道，绳索则拴系着人的腰部，贯穿着冰锥、冰爪，登山者使用上升器提升自己。周翔悬在了半空，他脚下是一个巨大的斜坡，掉下去就是滑向不可知的地狱，有去无回。现在，是腰上的绳子救了命。

“脚踩紧了，稳住身体，抓牢绳索，不要动，让我来！”上面传来了陆英勇的声音。这声音沉着而有力，就像是最大的安慰剂一样，立刻让周翔清醒了许多。他不再慌乱了，心里浮现了未婚妻的脸。他必须活着回去娶她。按照陆英勇说的那样，他脚踩实了，这时，陆英勇开始一点点地将命悬一线的周翔拽上来。那个过程是周翔刻骨铭心的，就像是一百年那么长的时间。

终于把他拽了上来。周翔得救了。他瘫软在山脊上，喘了半天气。陆英勇走到他身边，说：“很好。我们继续前进。给你三十秒，立即站起来。”

这次的脱险让周翔切实感受到了登山的险恶。这绝不是旅游，而是玩命。他更加小心了，内心里也更加坚定了。有些事情，你经历过了，就会更有力量。而不是被惧怕所吓阻。

下午，雪停了。阴冷而耀眼的太阳再次照射在群山之间。陆英勇在一处突起的岩石后面，搭起了帐篷，两个人钻进去休息休息，保持体力。

“谢谢你救了我。”周翔递给陆英勇一块牛肉干。

这东西在山上吃非常管用。

陆英勇笑了笑。“也是你自己命大。”他嚼着牛肉干，“再说，有个姑娘等着你回家结婚的，上天不会让你留在山上的。”

“你为什么会离婚？我总是不明白，你们——”周翔疑惑地问。

“生活中总有潜流，缝隙，暗礁，闪失，顿挫。不知道哪里来的破坏力量，会突如其来地袭击我们的生活。从南极回到家里后，我似乎感觉到婚姻出现了问题。我老婆有个律师事务所，她是合伙人律师，平时非常忙。我又不断在外面登山，没有人照料家庭。于是，我那个叛逆儿子初三那一年，跟着几个搞摇滚的年轻人，忽然退学去了拉萨。是我老婆花了半个月的时间，才把儿子从西藏找回来，我回家她就埋怨是我把儿子带坏了，儿子变野了。她就开始和我冷战。而我那时候公司业务很忙，赶上了网络化的最好的电商时代，简直要忙疯了。”

“肯定有年轻姑娘喜欢你，对吧。”

“那是有的，这点事情瞒不过我的律师妻子。也有男人喜欢她啊。我们离婚了。她后来找了一个比她小八岁的男朋友。厉害吧？我妻子的取证手段也很厉害。但我很痛苦，我很爱她，可我不得不离婚。办完了离婚手续，为了疏解心情，我就去攀登了一座山峰……”

那座山峰在印度尼西亚的新几内亚岛上，叫作查亚峰，海拔高度4884米，是大洋洲的最高峰。要是展开地图来看，你会惊讶于新几内亚岛的巨大，这座岛简直是一个小大陆，靠近赤道。我就是那一次和皮特相识了。他也是去攀登查亚峰的。他是美国宾夕法尼亚人，高个子，长头发，喜欢登山运动。

在新几内亚岛，我想到了自己攀登乞力马扎罗山的那种感觉。查亚峰是一座没有积雪的岩石山峰，山下到处都是热带植物，山脚下，植物长得太快了！十分茂密，第一天和第二天的植物都不一样，植物能一下子就覆盖了所有人兽的踪迹。有一次，我站在那里没动，忽然感觉到我的脚被什么带毛的东西抚摸，我一惊，低头一看，原来是一只猴子，正在睁大眼睛——它的眼睛像是鸡蛋那么大——清澈、深邃、恐惧地看着你，脑袋上褐黄色的毛像是损坏的刷子那样支棱着，你一看它，它就尖叫一声，逃跑了。

岛上还有很原始的土著，我们就碰到一些，就在我和皮特一起攀登查亚峰之前，在山脚下的密林边上，就有一个用草木编制而成的屋子连接起来构成的一座小村落。一些男人出现了，全都是裸体，他们的裆部用长长的树叶包裹起来，脑袋上装饰着锦鸡或其他鸟类的羽毛，很长、很夸张。不过，他们见过很多外面来的人，并不惊奇。那时候前来查亚峰登山的人络绎不绝，几乎每个月都有，登山者给他们带来了各种东西作为礼物。那个酋长和我握手，他的手又黑又长，就像是猩猩的爪子一样。他看我的眼神就像是食人族看待即将到手的猎物那样。不过，态度基本是友好的，假如你给他们带来了巧克力和糖果，香烟和酒，他们就非常喜欢你，然后一哄而散。

查亚峰攀爬起来十分艰难，艰难的地方在于它完全是一座岩石山，没有一丝冰雪覆盖，需要有攀岩的本领。这恰恰是我不擅长的。所以，皮特帮了我。他教给我很多攀爬这样的岩石山的技巧。

我们出发之后，一开始，有土著孩子忽而跟在后面，忽而跑在前面，拿着弓箭射杀小鸟和小动物，大呼小叫的十分快活。等到海拔升高，岩石山裸露出来，没有了雨林的遮蔽，他们就不见了，我们开始了真正的登山之旅。这时，攀岩的专用鞋子就派上用场了。这是一种柔韧性很好的鞋子。冰爪鞋和冰镐都用不上了，但手杖和绳索依然管用。互相协作至关重要。在岩石山上最大的危险是摔死，把自己随时固定在绳子上很管用。用手牢牢地抓住石头的棱角很管用。一鼓作气，缓慢登山很管用。利用绳索硬是把自己拽上那五十米的绝壁很管用。

我就是在那次登山遇到了生命危险。当时我也滑坠了，掉到了悬崖下面的石缝里。我卡在那里整整有两个小时，是皮特耐心地、一点一点地将我拽上去。就像我刚才拽你一样。皮特救了我，等下你会看到他。我很感谢他，所以，这一次我们在网上约好了一起来到了这里登山。

然后，经历了一场生死挑战，我重新振作起来，和皮特一起，慢慢地登上了查亚峰的峰顶。极目远眺，查亚峰四周莽莽苍苍，全都是雨林。在雨林之上，云雾氤氲漫卷，雨林被涂抹得朦胧神秘。不过，煞风景的，是能看到在查亚峰一侧的美国人投资的一个铜矿，热带雨林被砍伐了，那里就像是一个疮疤。柴火烟雾升腾，山石一层层剥落。

我对皮特说："你看你们美国人，手伸得太长了！"皮特耸了耸肩膀，表示道歉。

那次下山是十分痛苦的，我左腿摔伤、肌肉酸疼，穿越了丛林刀斧般的岩石山，穿越了不断掉落在身上虫子的森林，经历了千难万险，我和皮特回到了市镇上，看到了乱跑的猪和鸡，我才知道自己回到了人间，也就不再怕那些带着食人族的目光看着我的土著了……

"他们在那里！"陆英勇指着前面的一顶小帐篷高声说。此时，连续行走了好几个小时的周翔已经筋疲力尽了。他振作起来，加快了步伐，靠近了那个营地。

小帐篷里的几个人出来了。他们是高个子的美国人皮特·恩斯特，金发长腿的奥地利人安娜，很瘦的、看上去有五十岁的法国人让·欧塔维，还有匈牙利人佩泰尔菲，他是一个很壮实的三十多岁的年轻人。

在暮色中，四个人的身影显得错落有致，加深了周翔对这片山谷的亲切感。空气中有煮肉罐头的香气，周翔饿了，他看到陆英勇上前紧紧拥抱了皮特，热烈地说了几句话，又和其他几个人握了握手，显然，他和皮特很亲热，两个人的暗号是拿出两罐红牛碰杯，然后一饮而尽。

周翔已经知道他和皮特一起爬过查亚峰，还把他从石缝里拽出来，救了他的命。陆英勇把周翔介绍给了这几位，他们互相友好地握手拥抱。在这人迹罕至的地方见到了同类，他们都很高兴。终于会合了，明天就可以继续登山了。

陆英勇对周翔说，在这个海拔超过五千米的边境地区，除了偷渡者、武装分子和边防士兵，偶尔会有一些牧羊人出没。

晚上，在帐篷外面，他们一起聚餐。在海拔这么高的地方，有这么一场小小的宴会进行，简直太棒了！各种压缩饼干、罐头、肉干、面包、干果和水，让所有人都感到了愉悦。

皮特和陆英勇商量了一下，就告诉大家明天的登山线路。

周翔观察着来到这里的几个登山者。唯一的女性，奥地利人安娜的长相很硬朗，这符合奥地利人脸部线条清晰的种族特征。德国人和奥地利人都善于沉思，所以，安娜也很喜欢沉思，还略带忧郁。也许，她在怀想长眠在海拔六千多米处的未婚夫。为了活跃气氛，周翔给她递过去一块牛肉干，用英语说，你要补充好能量。你必须像母牛一样有劲儿，才能登上顶峰。

她笑了，说，用母牛这个词形容一个金发美女，合适吗？

美国人皮特胡子拉碴的，他的个子超过了一米九，不知道这么高大的身材，是不是在高山上很耗氧？匈牙利人佩泰尔菲喜欢借助手电看书，他带的听说是一本诗集，那就更加令人惊奇了。他来这里是为了写一部描绘喀喇昆仑山的游记。那么法国人让·欧塔维呢？他抱着他一个小型吉他，在弹唱着科西嘉地区的歌谣，带有意大利风味儿。周翔笑了，觉得这支队伍的构成五花八门，很奇葩。

晚上，在帐篷里，陆英勇睡着了。周翔感觉自己的状态好多了，肺部似乎习惯了缺氧状态。他拿出未婚妻的照片，用手电筒照着看，心里很温暖。这次登山回去之后，他就要带她一起去一座海岛上举行婚礼。此刻，在他登山的时候，她正在筹划着他们的婚礼的细节。周翔觉得自己很幸运，遇到了一个好女人。

他的动静把在一边打鼾的陆英勇闹醒了，看到周翔拿着手电筒在看照片。陆英勇叹了口气："你会把她娶到手的。你有福了。"

"我要结婚，而你却离婚了。咱俩的状态刚好相反。"

"是啊，刚好相反。结婚，很美好，而离婚，肯定不好。"陆英勇的声音有点低沉。那么，这次登山，也是他治愈创痛的一个方式。陆英勇躺了一阵子，坐起来开始在一张厚纸上写着什么。周翔想看，他不让看。陆英勇写了很久，难道他在写游记吗？或者，是给远方的人写一封信？想到陆英勇一路上悉心地照料着他，从耐心指导他登山的要领，到路上帮助他背东西、煮饭，再到后来在雪坡上把他生生拽出死亡的领地，周翔觉得这个学长很伟岸，有一种面对任何挑战都顽强不屈的精神。他对陆英勇充满了感激和崇敬。

第二天一早，山下送给养的牦牛队上来了。那是几个夏尔巴人。夏尔巴人的血液里，据说有能适应高山上活动的有氧因子。他们在海拔五千米以上的地方都如履平地。在喜马拉雅山和喀喇昆仑山登山的人，都喜欢雇佣夏尔巴人担任向导和助手。往往是好几个夏尔巴人帮助一个登山者攀登。只要你有足够的钱，夏尔巴人就能把你抬到珠穆朗玛峰的峰顶，而且可能你因缺氧都奄奄一息了，夏尔巴人还不怎么使用氧气罐。

周翔近距离地看那些上山的牦牛。牦牛非常雄壮，几个夏尔巴人把供给从牦牛背上解下来，由队长皮特分发给大家，主要是水和食物。

上午天气不好，山上有风雪，可能还有雷电。夏尔巴人描述说，雷电袭击之前，岩石发出了呲呲的声响，他们就一直等到了下午才出发，一步步地向山上迈进。六个人都背着自己的东西，丁零当啷的声音在山谷间回荡。一个夏尔巴人走在最前面，后面跟着皮特，中间是他们几个，断后的是陆英勇和两个背着食物、水和其他东西的夏尔巴人。

九个人在山脊线上行走，拉远了看，就像是小黑点，蠕动在天地之间。一只鹰看到了他们，它从遥远的雪山之巅飞来，在他们的头顶盘旋，啸叫了一声，等到太阳猛地跳出来，将这片海洋般的山系映照成殷红的沸腾的山脉的时候，它又飞走了，阴影在山峦之上移动成一条线。

走了半天，傍晚的时候，他们扎营了。周翔感到自己明显缺氧，头疼，晕眩。他尽量不吸氧，可还是不能像陆英勇那样轻松自如。人家是资深登山家，我是菜鸟。周翔停下来，在一个夏尔巴人的帮助下扎好了帐篷，将手杖绑在帐篷的角上，钻进去躺在泡沫软垫上，赶紧按摩酸疼的小腿肌肉。

天色渐渐黑了。周翔觉得心脏有点小不适应，陆英勇看出来了，他说：“你躺下别动，呼吸要均匀，可能今天你走得太快了，明天要冲顶了，你今晚必须好好休息。”

周翔点了点头，很听话地躺在那里，渐渐地睡着了。在睡梦中，他似乎来到了一座海岛上。天空碧蓝碧蓝的，海水是透明的，他和新婚妻子小冯老师在浅海处潜水，在水下追逐着那些漂亮的热带海鱼。太阳照射在他们水下的身体上，白花花的，闪动着光斑，妻子戴着氧气面罩的脸很生动，她很调皮地游过来抓住他……

就在这时候，他感觉到有人捅他，他醒过来了。

是一边的陆英勇。他小声说：有人在外面。不要动。

周翔也听到了外面有声音，那是人走猫步的声音。可在这高山上，哪里能有人出现呢？

他睁开了眼，忽然看到了一片火光，映照在帐篷的外面。这时，帐篷外面有人用英语大声喊：出来！你们都出来！否则开枪了！

周翔紧张坏了，但陆英勇非常沉着，他按住周翔，自己坐了起来，然后走出去了。周翔跟着出来了。

只见在他们扎营区帐篷的四周，站着十几个竖立着的黑影。有几束火把被人举着，在燃烧。周翔明白了，他们被某个武装团伙包围了。

接着，皮特、安娜、欧塔维、佩泰尔菲几个人都从帐篷里被赶出来。他们都吓了一跳，很紧张，也很配合，并没有做出什么反抗动作。很快，他们每个人都被捆住了双手，背在身后。这一切只发生在短短的几分钟之内。

周翔的心要跳出胸腔了，他害怕极了，但陆英勇给了他一个眼神，那是温暖的、稳重的、告诉他千万不要怕的眼神。他立即安稳了下来。

在火把的映照下，可以看到这些人都蒙着面，围着头巾，手里端着冲锋枪，都保持了沉默。为首的一个穿着黑色的衣服，只有一双眼睛露出来。他的腰间别有手枪，还有手雷。这伙人全副武装，一看就知道是邻国的一伙武装分子。可他们包围登山队干什么?

为首的对他们进行了搜身，抢走了手表、现金、护照，撕掉了佩泰尔菲的诗集，砸烂了欧塔维的小吉他。其余的人将他们的帐篷也进行了搜查，把抢到的东西背在了身上，拆毁了帐篷。

大概是凌晨四点多，周翔发现那几个夏尔巴人不见了。那些聪明的当地人，肯定察觉到有人包围了营地，早就跑了。

领头的走过去，他的手里拿着从他们身上搜到的各类证件，一一进行核对。他走到排成一排的登山者跟前，先问了陆英勇，你，中国人？

陆英勇点了点头，说，是的。领头的不说话，接着走到周翔跟前，你，中国人？他拿着证件核对着。周翔点头。等到问到皮特的时候，他站住了，你，美国人？皮特很淡然地说，是的，美国人。

那个领头的看着他，挑衅地和皮特对视。这人的身材也很高大，有一米八，不过还是比皮特矮一点。可以看出来，他很在意这个眼前的美国人，对视了十多秒，他拿起枪托，猛地砸在了皮特的肩膀上，皮特一个趔趄，差点就跌倒了，他站起来，那个带头的上来又朝他的脸上打了两拳，皮特的嘴巴和鼻子立即出血了。皮特刚要还击，两个蒙面的人走过来，在他身后用枪托击打他的小腿，皮特一下子跪在那里了。

皮特大喊："杀了我！来吧！"他恼怒起来了。周翔和陆英勇都感觉到了皮特的愤怒和倔强。四周响起了一片拉枪栓的声音。被绑架的这些登山者和那些劫持者都感到场面紧张起来。

黑暗的山谷里，只有火把的猎猎声响。大家都凝滞不动了。

那个带头的发话了，你们，跟我们走！

周翔感觉到有人拿着枪管捅他，他知道在催促他上路。寒风凛冽，凌晨的山风刺骨寒。陆英勇示意他，不要和他们冲突，伺机而动。

他们一队人开始前行。

周翔紧紧地跟着陆英勇。他猜测他们是被邻国的极端武装分子绑架了。现在，他们被押着前往大山的那一边。在路上，陆英勇小声说，前方有一处海拔6200米的隘口，过了那个隘口，有一条山羊道，从那里向北走有我们的边防哨所。

周翔点了点头。他想，那些人绑架他们这些登山者干什么呢？他想不明白。这里地形复杂，好几个国家互相接壤。再往西，就是中亚地区，往南是巴基斯坦和阿富汗。绑架他们，无非是为了金钱，或者拿去交换什么俘虏，比如被俘虏的塔利班。周翔忽然想起来，他们对美国人皮特很凶狠，刚才还打了他，这说明，他们恨美国人。对陆英勇和他这两个中国人，还算友善。

这一走就是几个小时，一直走到了天光大亮。他们拉开了很长的散兵线，在山脊上行走。那里有一条山道，能够看见远处那海拔七千多米的雪峰。不过，这突如其来的阻断，看来是无法让他们再去登顶雪峰了。

在海拔6200米的隘口，是冰川的一条冰舌的延伸地带。周翔看到在旁边的山谷里，巨大的冰舌从山上伸展着，沿着山谷奔腾，蓝色的冰川晶莹剔透，非常美丽。

忽然，大家都看到安娜激动了起来，她挣脱了押送她的那几个人，跑向了旁边的山谷。她这是要干什么？所有的人都站住了，枪栓拉动、子弹上膛的声音响成了一片，有人在喊叫，要她停下来。可安娜还在疯狂地跑向那片冰川。几个蒙面人在后面追赶他。她跑着，双手在后面被绑着，可她还是跑着。有人开枪了，子弹射在了安娜脚下的山石上，溅起了火花，她还在奔跑，跑向那一片山谷。

皮特也大喊起来，他的喊声让安娜停了下来，她还在向冰川方向张望着。后面的蒙面人追了上来。

周翔忽然明白了，她不是在逃跑，而是在奔向靠近冰川的一处山岩。皮特大声对着敌人喊，不要开枪！她的未婚夫去年掉在了那个冰川下，死在那里了！

所有的人都明白了。他们知道了安娜为什么奔向那片冰川。她的未婚夫去年死在了那里，她来这里就是为了这一刻，她来到未婚夫殉难的地方。可现在，她以被控制住的方式来到了这里，她被人反绑着，没法自由行动。

大家都站住了，陆英勇对周翔说，要找机会逃跑。你要听我的。周翔点了点头。他从来没有遇到这样惊险的事。他心乱如麻，简直糟糕透顶，这次登山是他找的陆英勇，让他带他来到这里的。可现在，陷入了危局。怎么办？他很焦急。

安娜在山崖边跪着，哭了一阵子。

然后，蒙面的极端分子继续押着她前进。

他们很快翻过了海拔6200米的隘口。这里的视野非常开阔，周围的群山展现了狰狞的一面。凝固的大海波浪般的山峰层峦叠嶂，从这里下山，就会到达另一个国家了。海拔这么高的地方，没有人烟，只有他们这几个登山者，和那些武装分子。不过，可以看出来他们在高海拔地区并不适应，也在加紧往下走。

走了几个小时，中午的太阳看着很毒辣，可落到他们身上的感觉依旧是冰凉的。周翔感到手上的绳子勒得很紧。

他们扎营了，这里的海拔降了不少。似乎已经到了别国的领土上了。那些绑架他们的人也放松了，就在一处山谷里埋锅造饭。

吃完了饭，带头的似乎要审问皮特，把皮特带到了一边问话。皮特的额头和嘴角上都有血迹，已经干了。他们每个人都有两个或者三个武装分子看押着。

吃饭的时候，他们给他们松了绑。周翔和陆英勇蹲在地上，吃着一种馕饼。没有水，干嚼很难吃，可一直走路，他们都饿坏了。陆英勇忽然塞给他一张折叠好的纸，对周翔小声说，帮我带着，也许你能先逃脱。周翔来不及问什么，就塞到了胸口的内袋里。

一定不要慌张。要找机会跑。我们一路在向南，现在我们已经不在中国境内了。他们把我们带到了境外。不过，看来距离他们的营地还很远，要到山脚下才行。陆英勇小声说。

那怎么办？周翔用眼睛问他。

陆英勇这时看他的眼神特别温暖，让周翔很奇怪。陆英勇小声说，我会掩护你，我说要你快跑的时候，你一定要头也不回地使劲跑，像山羊一样往北面跑，转过山岩，你使劲跑，只要十分钟，你就能跑到祖国的土地上。

周翔点了点头，他明白了。所有的人命悬一线，能逃跑的机会很渺茫。可他的兄长，他信赖的这个男人会帮助他。他经验丰富，征服过全世界各大洲的最高峰，还去过南极和北极点，经历过生死考验了，他什么都不怕，早就将生死置之度外了。周翔的心渐渐平静了下来。

忽然，他们都看见，就在前面的空地上，那个蒙面的首领和皮特说着说着，就扭打了起来，皮特将蒙面人打倒在地。场面立刻变得紧张了。他们全都站了起来，蒙面人爬起来，拔出手枪，对着皮特的头部就开了枪。皮特一下子倒在了地上。他一定是被打死了！

这时，陆英勇一把将身边看押他的那个蒙面人的冲锋枪抢了过来，对周翔说：快跑！快跑！然后，陆英勇就和冲过来的几个人扭打在了一起。

周翔连滚带爬地开始跑了，向着相反的方向，向着山那边，他像是山羊一样开始跑了。本来他以为自己完全没有力气跑了，可是不，现在他敏捷如山羊，不知道从哪里迸发出了全部的力量，他开始使劲地奔跑。腾跃！躲闪！转弯！迟滞！飞奔！停顿！翻滚！冲刺！他飞快地跑着，他听到了其他人都在奔跑的声音，在他背后，场面大乱，大家都在反抗，都在奔跑了。

子弹在他身边和脚下嗖嗖地响着，他不会回头。必须要听陆英勇的，他那温暖的目光，其实就是一种诀别。周翔的心里闪耀着陆英勇的目光，他奔跑着，奔向代表活命的那个方向——北方。在他的身后，不仅有枪声，还有追赶他的跑步声，时远时近。跑过了一个山头，就是一面陡坡，有雪，有大石头，还有一片茂盛的雪莲花。奇怪了，从来没有见到这么多的雪莲花盛开在这美丽的高山上，往常它们都是一朵朵的很孤立，现在则成片开放在这里，像是在欢迎他一样。

他飞快地奔跑着，几乎是跳跃着，翻滚着，像是自由落体的石头，弹起来，掉下去，飞起来，再落地。

跑啊，跑啊，跑啊。他一口气跑到了山脚下的一片树林里。

他成功逃脱了。躲了一阵子，只能听见风声。这时他看到，在附近有一队中国边防巡逻兵，正在向这边赶过来。他彻底安全了。周翔再回头往山上看，他看到了一只鹰。那只鹰一定是听到了所有的声音，看到了所有的行动。那只巨大的鹰，沉着地盘旋着，看着眼前寂静的山谷，啸叫了几声。

他走出了树林，仰望着那只鹰，看到了它的影子正在扫过大地。

也许陆英勇已经牺牲了。他为了保护周翔，肯定是中弹了。他们一定会杀了所有的人。只有他逃脱了，回到了祖国的土地上。他忽然想起来陆英勇交给他一张折叠的纸片，他从胸口的内袋里取出来。原来，那是一封写给他的前妻祁红的最后一封信。在信中，他告诉她他依旧爱她，他已经无法再回家，希望她照顾好儿子，还请她照顾一下他的寡母。显然，这是一封诀别信。陆英勇当时已经感觉到自己再也不能回家了。

周翔没法看下去，他眼睛潮湿了。那只鹰继续在飞翔，就像是陆英勇的化身一样，在遥远的高空守护着他，使他回到了自己的国土上。周翔久久地端详着那只鹰，泪水横流。他默默地念着陆英勇的名字，直到那只掠过整个天空的大鹰翅膀的阴影，被太阳的反光照亮。

2018年6月29日

后记

如何潜水、抓鳄鱼和攀登雪峰？

邱华栋

我喜欢看地图，各种地图。每到一处，一定要找到当地的地图，按图索骥，找到所在的位置，以及要去的地方，然后把地图留存下来。这样就有了很多幅地图。有了地图，就很难迷路。

坐在长途旅行的飞机上，我不爱看电影，眼前的小屏幕常常被我设定成航路图，可以随时在阅读书籍的过程中，抬头看看我乘坐的飞机飞到了哪里。因此，只要是我飞经的路途，航路下面经过的大地、山川、城市，我总是能够回忆起来，在我的记忆里成为内容丰富的路线。

我也爱看地图集，这些年，我搜集了不少有关地图的书。比如《泰晤士世界历史地图集》《古代世界历史地图集》《改变世界历史的一百幅地图》《地图之王——追溯世界的原貌》《谁在地球的另一面：从古代海图看世界》《中外古地图中的东海和南海》《失落的疆域——清代边界变迁条约地图》等等，有几十种。这些地图能够把我带到很远的地方，带到时间和历史的深处，让我发现、揣摩、想象到一般人很难体会的关于历史地理、时空交错的那种有趣和生动的场景。

我还喜欢摆弄自己的几个地球仪。这几个地球仪，有大的，也有小的，有三维的，还有通电后通体发亮的。把玩地球仪有一种“小小寰球，尽在手中”的踏实感，一球在前，地球全览，地球仪真是个好东西。

写这本小说集之前，我常常把玩地球仪，把地球仪使劲一点，它就开始转动起来，我的手指又一戳，停！地球仪停下来了，我看看我指的是哪个地方。就这样，我点了九次，戳停了九个地方。

我一看，这九个地方，在地球仪上显示的是太平洋、澳大利亚、中亚、古巴、巴西、俄罗斯、中非、法国、冰岛。

于是，我就想，我能写写这些地方的中国人的故事吗？这些地方，我大部分都去过，在这些地方，我碰见了一些有趣的外籍华人或中国人，他们早就拥有了自己独特的故事。我应该可以写写来到这些地方的人的精彩故事。

现代世界交通工具的发达，几乎能够让人到达你想去的任何地方，包括那人迹罕至的生物圈之外。大洋之下，冰原之上，沼泽之中，大河之里，江湖之内，雪峰之顶，人都能够抵达。只要是你想去，物质条件具备，各类交通手段就能帮助你到达那里。

于是，我先写了这本书里的《唯有大海不悲伤》。写这篇小说也有一些动因。近些年，我也常常听到认识的朋友中间，有些人生活中发生了不幸事件。每个人的生活中，总是有大大小小的缺损和缺失。比如，有一个朋友的独子，留学归来正待结婚，却因病忽然去世，白发人送黑发人，何其悲伤！还有一个朋友的孩子，年仅十岁，不慎溺水身亡。朋友痛失自己的孩子，夫妻俩陷入了困顿和悲伤，婚姻关系也岌岌可危。常常是，突发的生活变故造成的痛苦在一个人、一个家庭里难以承受和化解，那么，他们如何承担这悲伤，重新获得生活的勇气和信心呢？如何获得自我救赎，继续生活下去？

我常常站在这些朋友的角度，去想象他们面对的境遇，以及内心里要承受的沉重。化解痛苦，这是任何豪言壮语无法起作用的，只能是一个个的个体生命，去承受生活的突如其来的变故。

在《唯有大海不悲伤》中，小说的主人公就遭遇了丧子之痛，最后他通过在太平洋几个地点、几个夏季的潜水运动，逐渐获得了救赎和生活下去的力量。

这篇小说发表之后，有朋友问我，你啥时候学会了自由潜水啊？其实，我顶多玩儿过简单的浮潜。我是不会自由潜水的。但我特别爱看关于海洋的纪录片。这些年，中央电视台第九频道播放了多部关于海洋的纪录片，如《海洋》《蓝色星球》《加拉帕戈斯群岛》等等，我都看了好几遍，对海洋里的各种生物了解了很多，常常是一边看，一边用文学语言去描述我看到的片段。此外，《美国国家地理》和《中国国家地理》中也有很多关于海洋的文章，都成为了我写作这篇小说的材料支撑。

我也常常想，作为一个小说家，必须对读者尊重、友好和负责。人家花自己宝贵的时间来阅读你写的一篇小说，你又能给他们带来什么？因此，我要在小说里增加一些材料，比如潜水和大海的方方面面的知识。这就使得小说本身带有着新颖感和知识化的效果。毕竟大部分人都生活在陆地上，很难去太平洋上进行孤绝的自由潜水。于是小说也就变得有趣和好看起来。

而《鳄鱼猎人》的写作，这个创作的念头在很多年以前就萌发了。我曾经去过几次澳大利亚，也接触了一些在澳大利亚生活的华人，他们各有各的精彩故事。华人在澳大利亚的历史和现实的处境，也有很大的变化，比如，前去淘金的近代华人、改革开放之后前往澳大利亚的二十世纪八十年代的华人，和二十一世纪去澳洲的新华人的生存景象，就都不一样，一代代华人演绎出了各自精彩的故事，促使我写成了这篇抓鳄鱼的小说。但对如何在小说里呈现抓捕一条鳄鱼，我自己也颇费踌躇，没有把握。好在小说家都有想象力，再说了，我也见过鳄鱼，有一次，在广东还喝过养殖的鳄鱼做的汤。那么，如何抓捕一条鳄鱼？我也咨询过一些我认为可能会有见地的友人。但大家都没有干过这个危险的事情。最后说："你就自己想呗。"

好了，抓捕一条白化鳄鱼，和这篇小说的主人公帮助澳大利亚警方抓获一个强奸并杀害了一个中国姑娘的白人罪犯，有着某种象征和同构的关系。小说中，两个夏天，同时进行两条时间线索的并置，取得了对照的效果。

小说《鹰的阴影》，则讲述了两个登山爱好者在中亚的雪峰上攀登的故事。我出生在天山脚下，小时候出了家门，往远处一望，就能看见海拔5445米高的天山主峰博格达峰那冰雪覆盖的巍峨的样子。我还跟着父亲的筑路工程队，到达过塔什库尔干，在那座石头城里眺望过附近那些高大的群峰，受到很大的震撼。后来坐飞机，飞越了不少雪山。

那么登山运动则是一种极限运动。现在，最顶级的登山家，要有14+7+2的履历才是最完美的。什么是14+7+2？那就是，登顶地球上一共十四座海拔八千米以上的高峰，然后，再登顶地球上七大洲的最高峰，最后是抵达南极和北极两个地球上的极点。这就是14+7+2的意思。中国深圳一位叫作张梁的普通人，就完成了这一壮举。关于他的情况，《中国国家地理》2018年第八期有专门的报道。全世界完成14+7+2的人只有几十个，可见这一极限运动的实现之难。

我也曾拜访过诗人、登山家黄怒波先生。他是完成了7+2的少数登山家之一。在他的办公室的走廊里，我看到了他历次登山过程中，保留下的各种用具，琳琅满目，蔚为大观。

写这篇小说中，灵感、材料就这么以我曾经取得的知识点，见到的人和事，看到的一则新闻报道——几年前，有中国登山家在新疆西南部登山过程中，被武装分子绑架、杀害的事件——这些就构成了我的小说壮丽、丰厚的架构和内容了。

从十五六岁开始写小说到现在，我也写了三十年了。那么，继续写，我还能超越自己吗？我觉得还有可能。首先，在题材上我还能出新，其次，在表现手法上，我的技巧更加纯熟了。再者，对这个世界的认识也更加深刻了。所以，写下来这组小说，我觉得我还能继续写下去，还能写得更好。

本来我打算写一组九篇、每篇在一万多字的短篇小说，构成一个系列，一起结集。但这三篇写出来后我发现，每一篇都变成了三万字左右的中篇小说，于是我改变了想法，先将这三部中篇结集出版。

其他六篇小说，我会慢慢写出来。那六篇，将涉及冲浪、解救绑架、自驾游、徒步旅行、红酒之旅和穿越西伯利亚和非洲中部的故事。等到我这个系列的小说全写完了，也许本文的题目就变成了：“如何在环太平洋潜水、去澳大利亚抓鳄鱼、攀登喀喇昆仑山西段的雪峰、到古巴哈瓦那冲浪、在里约热内卢解救绑架案、穿越俄罗斯西伯利亚自驾游、品赏法国红酒、直到冰岛尽头的徒步旅行和驰骋整个非洲中部寻找老婆和弟弟？”

哎哟，不知道我会写成啥样。写着看哈。小说最大的魅力，就在于它的完成是灵感和构思的一次次的釉变。它可能会变成与你最开始的设计完全不一样的样子。

2018年9月23日

附录

邱华栋的高山大海

吴佳燕

邱华栋的小说，每每让人想到鲁迅说过的话：“无穷的远方，无数的人们，都与我有关。”他是一个在写作上不断四面出击、寻求多变的作家。就像“练家子”出身的他偶尔展露身手的时候，你永远不知道他下一个招式会怎么出。不过这求变，你看多了就会发现，它不是随意之变，而是自有其规划和体系。从邱华栋今年发表在《人民文学》上的《唯有大海不悲伤》，到《长江文艺》上的《鹰的阴影》，再到《十月》杂志的《鳄鱼猎人》，几篇小说展现出一种新的文学类型，或者说代表当下写作的一个新的出路和方向。它可以有多种命名，运动文学、生态写作、行走文学、冒险文学等等，但其共同特征就是题材上与远方和人们有关，风格上由

“向内转”到“往外走”，一方面穿过人山人海，走向高山大海，一方面心系更大的人群和更广的世界。单是这三篇小说就有一个逐步深入拓展的过程，主人公慢慢走出小我，走向大我，境界不断提升，更加英勇而出于公义。可见作者的匠心独运，连作品的发表时间顺序都充满用意，相信这一系列的作品后面还会给读者更多的期待和惊喜。

三篇小说的主人公都经历了生活情感上的炼狱之苦，并在与天地自然的亲密接触中逐渐视野宏阔、精神成长和充满担当。《唯有大海不悲伤》弥漫着男人巨大的丧子之痛和由此带来的婚姻破裂，是潜水这项运动打开了胡石磊人生的另一种可能，让他在深海中疗愈伤痛，也慰藉着溺亡儿子的灵魂。在这篇小说里，自然运动的作用主要是对于个体情感创伤，到了《鹰的阴影》里，就需要更大的勇气乃至牺牲了。登山本身是一项极限运动，挑战着人的身体素质和心理素质，更有对意志毅力和精神人格的考验。两个男人的登山，多少也跟成功背后的艰辛有关，也与各自的婚姻状况相关——这次登山之行，就像一个节点，他们要借此结束或开启新的人生。然而在生死攸关的时刻，老登山队员陆英勇的精神人格体现了出来，无论是登山途中的不慎滑坠，还是野外露营时被边境武装团伙突袭，他一次次救出学弟周翔，自己却在“鹰的阴影”下牺牲了生命。他的边走边讲，既像是精神力量的引领和传递，又像是某种难以逃脱的宿命和临终交代。及至《鳄鱼猎人》，主人公个人的生活情感羁绊被冲淡了许多，更多的是对于社会人群的担当与关怀，而高山大海与人山人海的界限已然模糊。作者选择澳洲达尔文市这样一个人口密度小、生态保持良好的海滨城市，多种肤色与种族、土著与移民、城市与自然融为一体，高山大海近在咫尺。主人公杜飞的澳洲创业史就像一面多棱镜，折射出一代代华人乃至其他移民在海外的奋斗打拼历程，有辛酸的、失败的、饱受创伤的、无辜受害的，也有像杜飞这样终得成功的。也因为这成功和主人公自身的英勇正义有关，他可以做自己想做的事情，喜欢自然探险和行侠仗义，有点当代城市英雄的意思。

《鳄鱼猎人》有两条主线：一条线是杜飞因为女留学生被害事件向澳洲华商协会求助不成，决定自己追查真凶，经历自己被人威胁报复乃至千钧一发的生死时刻，终于亲手将凶手送进大牢；一条线是杜飞跟热心公益的当地农场主和熟悉鳄鱼习性的意大利后裔一起去追捕吃人的白化鳄鱼的故事，几经迂回波折几番惊险搏斗，终将鳄鱼捕获并拍下了珍贵的视频。中间插入移民在澳洲的奋斗历史和生存状况，以及澳洲本土的风貌人情和局部种族冲突。两条主线时间上一前一后，叙述上交叉进行，都是去帮助他人、为民除害、伸张正义，都需要十足的耐心、体能和智慧。“那一次是绝处逢生，这一次是针锋相对”，一次是和奸杀留学生的歹徒，一次是和吃人的猛兽，都需要胆大心细、斗智斗勇，也昭示出社会正义感、大无畏精神和个人英雄主义。杜飞们不仅是消除城市公害、险恶人心的猎人，更是城市社会乃至人类的保护者，他们的生活热情、冒险精神、满满正义感和济世情怀，与当下的现实生活是一种对照和激发，承担着邱华栋对理想生活和理想人生的某种寄望。

读邱华栋的小说，不得不感叹他阅读之广博，涉猎领域之专业。世界上的各种山川大海、生物习性、生命奇观，关于登山、潜水、抓捕鳄鱼的专业知识和鲜活体验，以及时下引起普遍关注的新闻事件，被他信手拈来，一一化用。一边是大量的阅读与想象，一边是切身的行走与体验，真应了古人“读万卷书，行万里路”的豪言壮语，还有一种大视野与大情怀。故事的发生地，往往在熙攘喧闹之外的高山大海，主人公多是不同国界、肤色、种族的男人们，弥漫着惺惺相惜的友爱之情与英雄气概，体现出全球化背景下难能可贵的大融合与大和谐，读来有一种豪情满怀和畅快淋漓之感。它让人想到堂吉诃德的行侠游历，屈原的行吟泽畔，儒家思想中的格物致知，以及海明威式的硬汉小说，对照的是当下文学现场中无止无休的现实沦陷与人心碾磨。在对文学传统的承续和当下写作的突围中，邱华栋的这类小说充满阳刚正气，走出了儿女情长与家长里短，在男人故事的讲述中充满久违的浪漫精神和英雄情结。值得一提的是，这些男人多为成功人士，打拼奋斗的辛酸已然云淡风轻，人生达到一定境界，看透世事、没有物质困境的他们大可以一方面挑战自我，体验各种极限运动和极端情境；一方面“达则兼济天下”，从小我走向大我，愿意对社会和他人尽更多的责任和关爱，有一种行走世界、行侠仗义、快意人生的豪迈与惬意。它代表了一种理想的生活和远方的召唤，让人看到人生不同阶段的多种打开方式，让即便被现实困住、世事沉迷的芸芸众生，也虽不能至、心向往之。

一直以现实主义为主导的中国文学，需要邱华栋这种来自文学内部的“冲撞”。他的小说打开了更多陌生领域。阳刚雄浑之气，地理意义的探险，人文意义的回归，生死情义的罗曼蒂克与扶弱抑强的勇气正义，无不彰显出浪漫主义文学的迷人气质。当下的文学现场，亟需重申一种宽阔的写作美学。是眼界与视野的无限打开，题材与方法的多种探索，写作思路与切入路径的多维放射，更是真正意义上的广阔的现实主义道路选择。是打破旧有的文学秩序与写作惯性，改变对周围世界的固有看法，寻找当代人古老而别样的精神出路。是身心与写作的一起出发，走出书斋，离开人群；是从日复一日的平庸生活中走出来，从满身满眼的现实负累和人心碾磨中逃出去，往高山大海里走，往阳光风雨下走，往无穷的诗与远方走，在更大范围更高层面上去关注人心与世界，在自然环境的陶冶与磨砺中，在脚步的丈量、阅读的穿越和文字的想象中实现眼界与精神的双重拓展与提升。邱华栋的近期小说，让我们看到当下写作在现实突围中新的方向及可能。

作者简介

吴佳燕，女，1981年10月生，重庆巫溪人，文学硕士，《长江文艺》副主编，鲁迅文学院第26届中青年作家高研班学员，湖北省作协签约评论家。在《当代作家评论》《扬子江评论》《文艺报》《文学报》《湖北日报》《创作与评论》《长江文艺评论》等报刊发表文学评论若干。出版有评论集《不一样的烟火》。

图书在版编目(CIP)数据

唯有大海不悲伤 / 邱华栋著. — 北京：北京十月文艺出版社，2019.4
ISBN 978-7-5302-1911-9

Ⅰ.①唯… Ⅱ.①邱… Ⅲ.①中篇小说—小说集—中国—当代 Ⅳ.①I247.5

中国版本图书馆CIP数据核字(2019)第001142号

唯有大海不悲伤
WEI YOU DAHAI BU BEISHANG
邱华栋 著

出 版 北京出版集团公司
北京十月文艺出版社
地 址 北京北三环中路6号
邮 编 100120
网 址 www.bph.com.cn
发 行 新经典发行有限公司
电话(010)68423599
经 销 新华书店
印 刷 北京盛通印刷股份有限公司
版 次 2019年4月第1版
2019年4月第1次印刷
开 本 787毫米×1092毫米 1/32
印 张 6.875
字 数 100千字
书 号 ISBN 978-7-5302-1911-9
定 价 36.00元
质量监督电话 010-58572393
如有印装质量问题，由本社负责调换。